王阳明

让良知自由

赵柏田 著

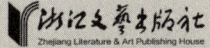

图书在版编目（CIP）数据

王阳明：让良知自由 / 赵柏田著. —杭州：浙江文艺出版社，2020.1（2021.6重印）
ISBN 978-7-5339-5879-4

Ⅰ.①王… Ⅱ.①赵… Ⅲ.①长篇历史小说—中国—当代 Ⅳ.①I247.5

中国版本图书馆CIP数据核字（2019）第222347号

王阳明：让良知自由
赵柏田 著

责任编辑　周海鸣
封面设计　柏拉图创意机构
责任印刷　张丽敏

出版发行	浙江文艺出版社
地　　址	杭州市体育场路347号
网　　址	www.zjwycbs.cn
经　　销	浙江省新华书店集团有限公司
制　　版	浙江新华图文制作有限公司
印　　刷	浙江新华数码印务有限公司
开　　本	880毫米×1230毫米　1/32
字　　数	143千字
印　　张	7.25
版　　次	2020年1月第1版
印　　次	2021年6月第2次印刷
书　　号	ISBN 978-7-5339-5879-4
定　　价	36.00元

版权所有　侵权必究
（如有印、装质量问题，请寄承印单位调换）

图1—3 《修道说》

正德十三年（1518），刻石，江西庐山白鹿洞书院存。

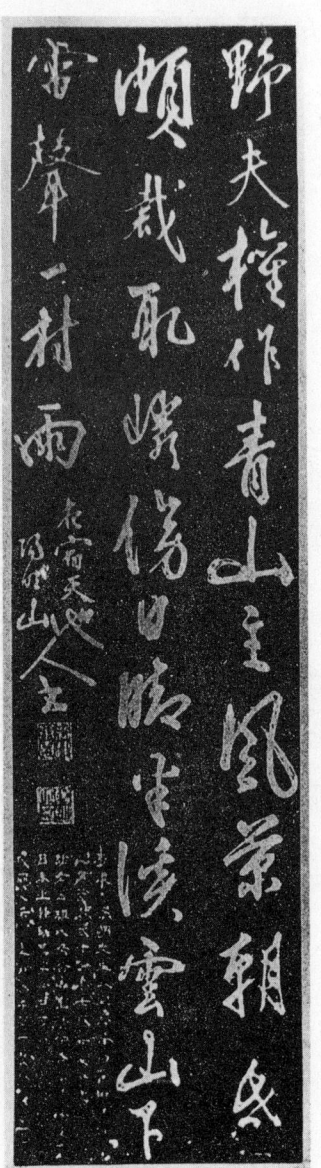 

图4　《夜宿天池诗碑》（一）　　　　图5　《夜宿天池诗碑》（二）

碑刻，河北保定莲池书院存。

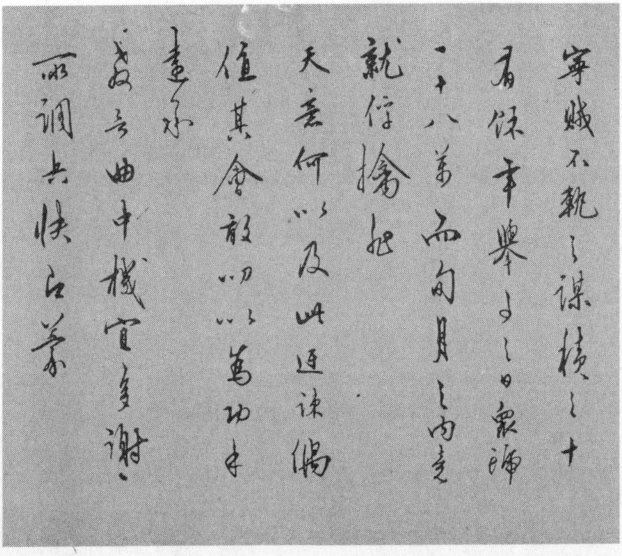

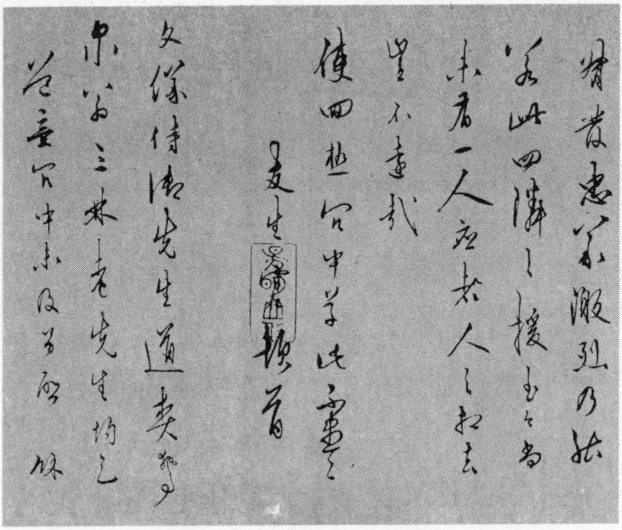

图6—7 《与周文仪手札》
正德十四年（1519），纸本，上海博物馆藏。

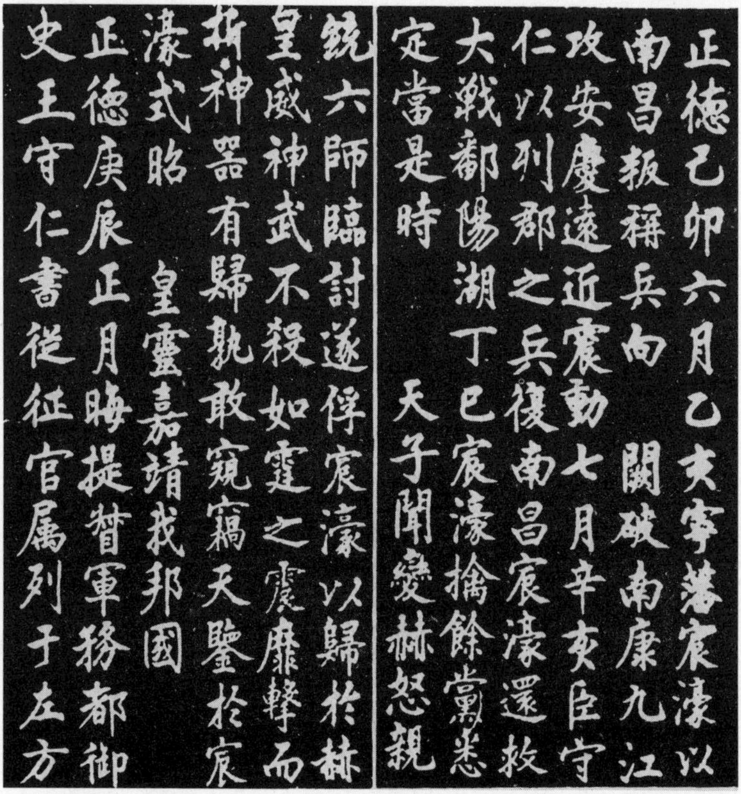

正德己卯六月乙亥宁濠宸以
南昌叛稱兵向闕破南康九江
攻安慶遠近震動七月辛亥臣守
仁以列郡之兵復南昌宸濠還救
大戰鄱陽湖丁巳宸濠擒餘黨悉
定當是時天子聞變赫怒親
統六師臨討遂俘宸濠以歸於赫
皇威神武不殺如霆之震靡聲而
折神器有歸虩敢窺竊天鑒於宸
濠式貽皇靈嘉靖我邦國
正德庚辰正月晦提督軍務都御
史王守仁書從征官屬列于左方

图8 《纪功碑》

正德十五年（1520），刻石，江西庐山秀峰寺存。

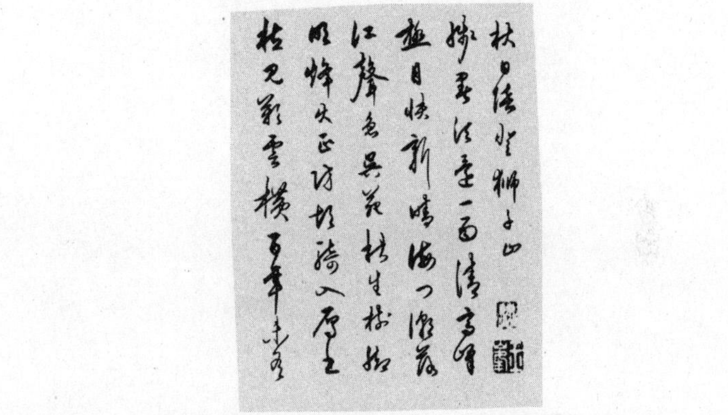

图9—11　《登狮子山阅江楼诗帖》

正德九年（1514），纸本，台北故宫博物院藏。

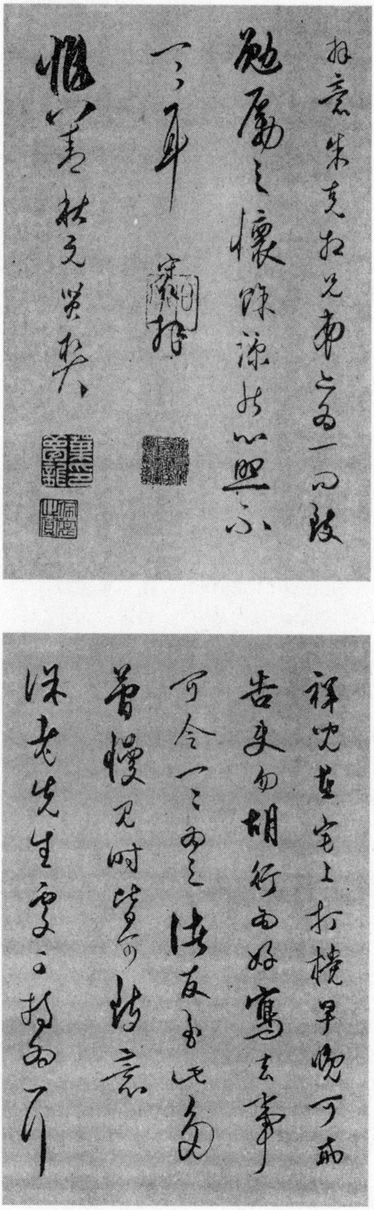

图12—13 《与惟善手札》
正德四年（1509），纸本。

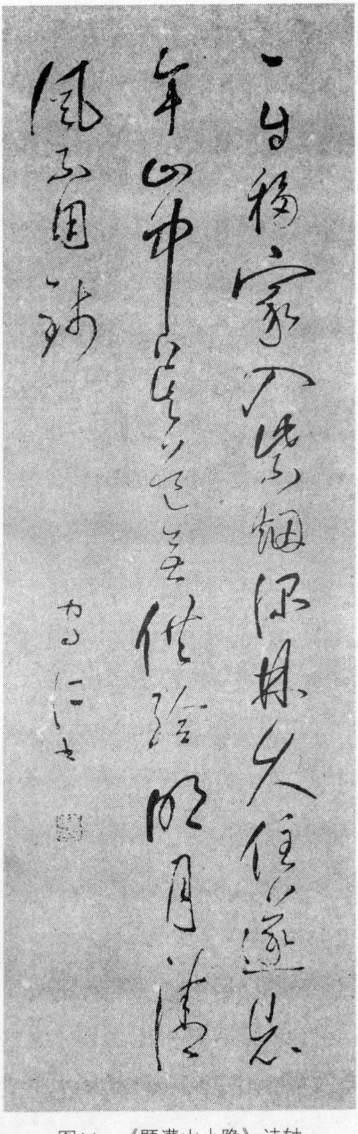

图14 《题灌山小隐》诗轴

正德九年（1514），纸本，上海博物馆藏。

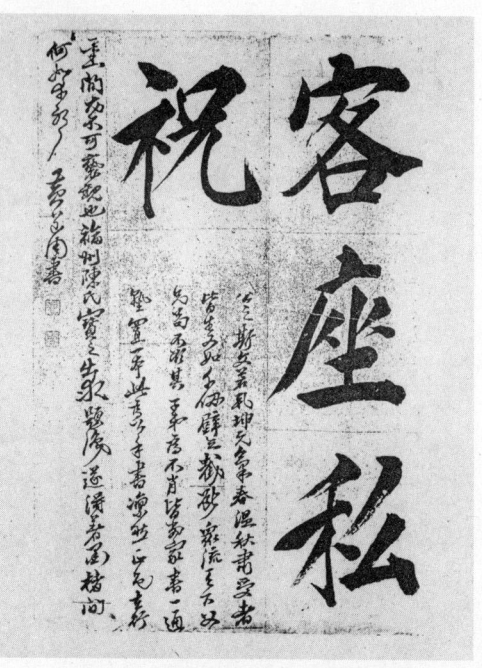

图15 《客座私祝》（局部）

图16 《客座私祝》（局部）

嘉靖六年（1527），纸本，余姚市梨洲文献馆藏。

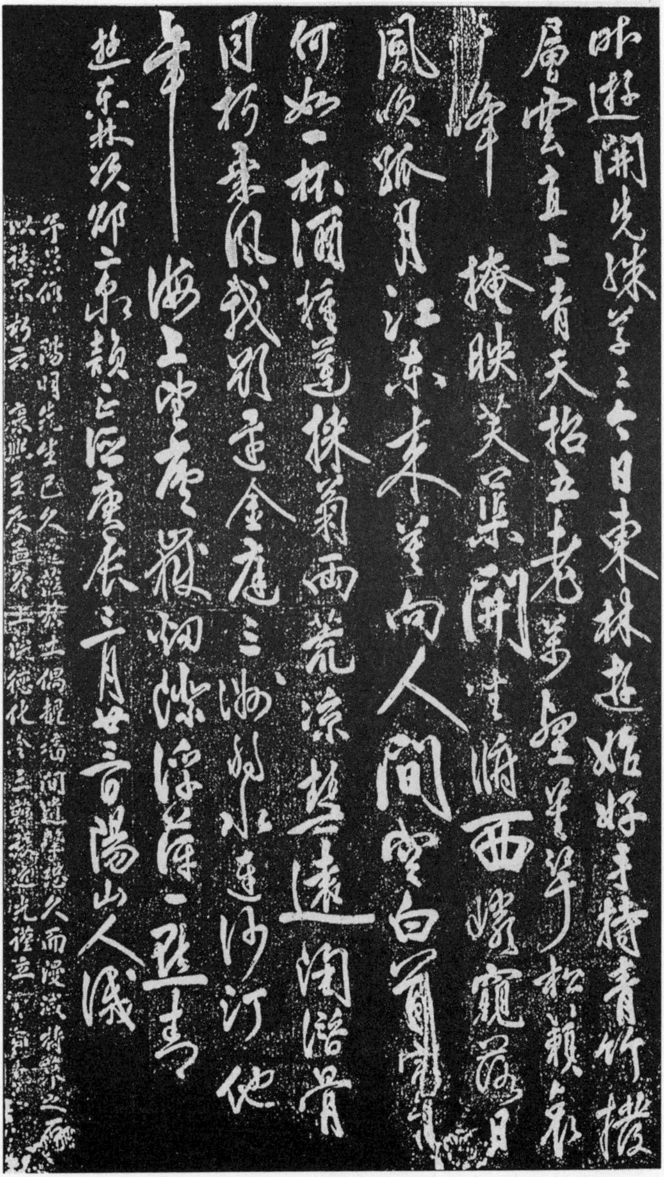

图17 《东林寺诗碑》

图18　《思归崖题壁》
正德十五年（1520），刻石，江西赣州通天岩存。

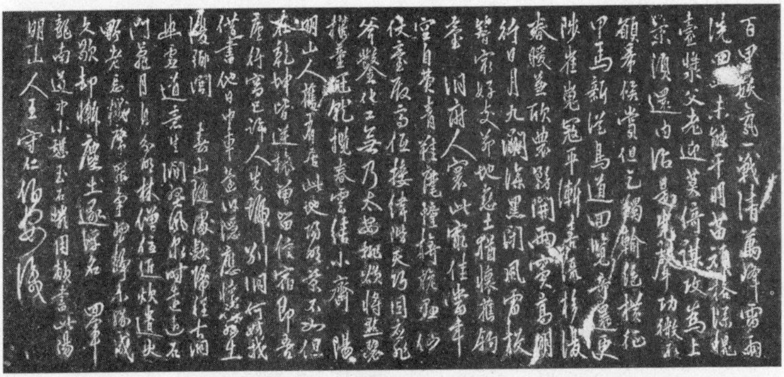

图19 《回军龙南》诗刻

正德十三年（1518），刻石，江西龙南县玉石岩存。

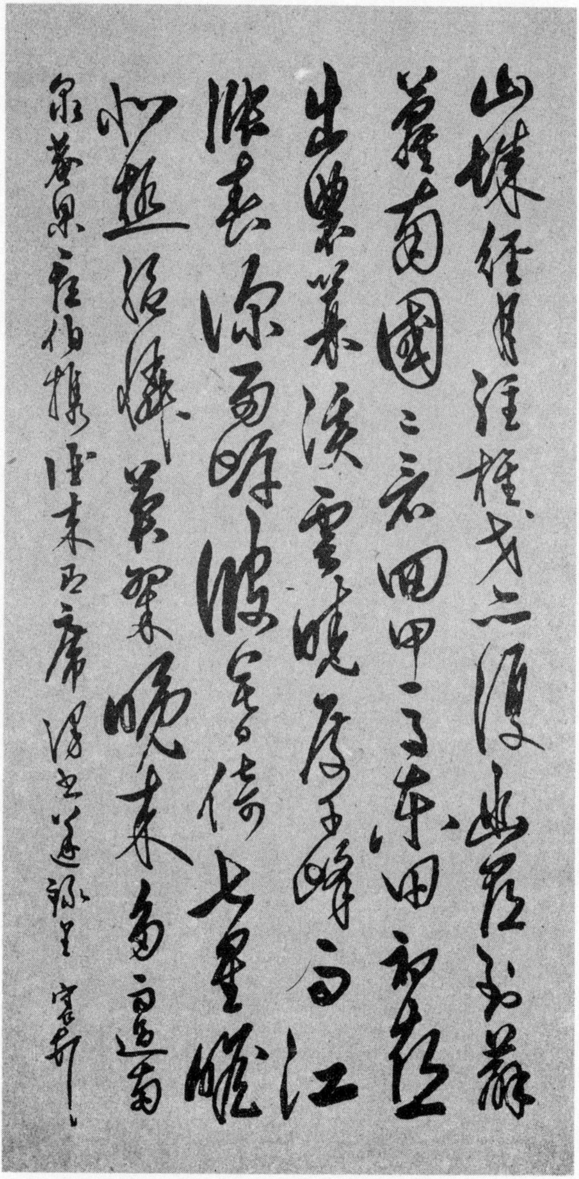

图20 《回军上杭》诗轴

正德十二年（1517），纸本，上海博物馆藏。

寓都下禀工宇容百拜書上

父親大人膝下前月王壽興來
隆去陡郴州下船歸計此時
将到家矣逺懐
祖母老大人
母夫人起居萬福爲慰男
李六年安堪歸事能遂不
来挺好偽出不可阻只可帶
家人媳婦一人祈禎一二隻
蜚身而行此間决不能久住
只少十歳江西徒費後海雲

未隆去後共間卻無人知媳婦
堪肯共來誰遣一人帶冬夏
衣眼作希適使似未男遊未
精神氣血餘乾弱背昏宵作
疼己四五年迩盖吾欲歸之
計非獨待李不足電真此事卿
可夏也潤甡起後樓未克太
學心力如木相不便只盖平
居二可徐她分析李不審如
何畢竟奈柯爲保全之謀
卑抹祿大叔基平安 因會

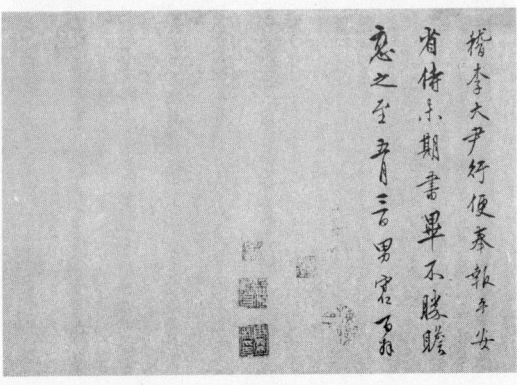

楷李大尹行便奉報平安
省侍未期書畢不勝瞻
戀之至五月三言男容百拜

图21—23 《寓都下上大人书》

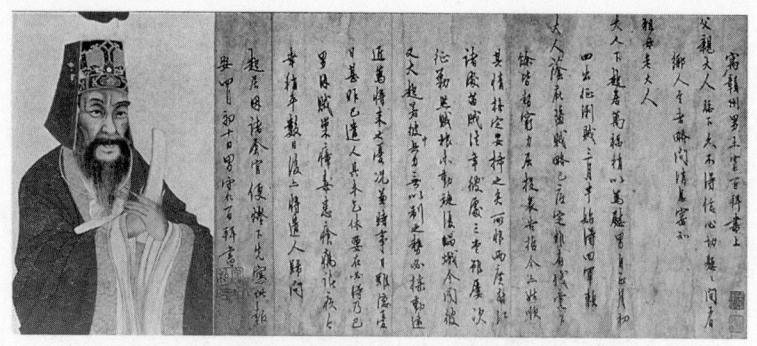

图24 《寓赣州上海日翁手札》

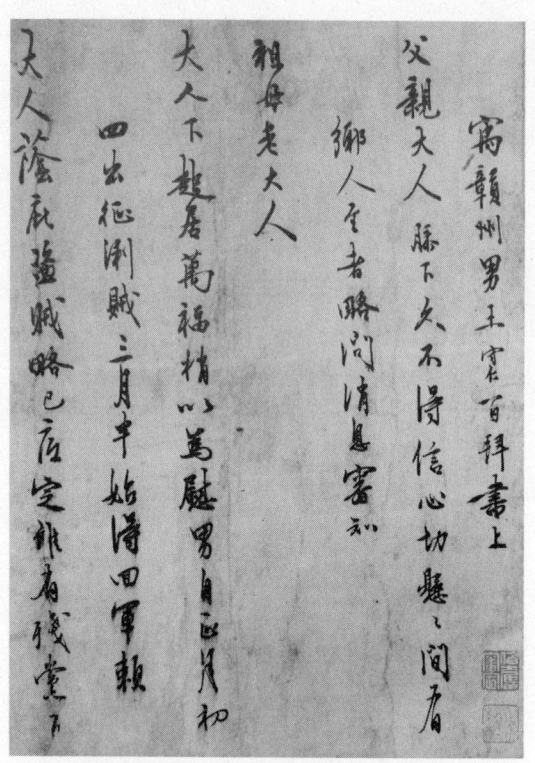

图25 《寓赣州上海日翁手札》(局部)

正德十三年(1518),纸本,余姚市梨洲文献馆藏。

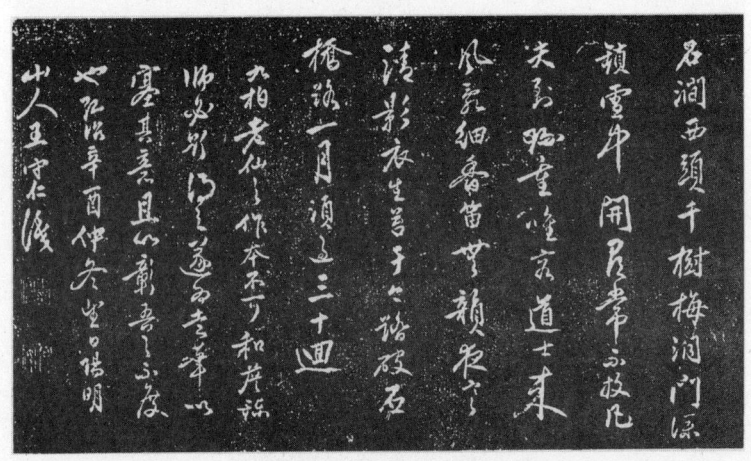

图26　《和九柏老仙诗》碑
弘治十四年（1501），拓本。

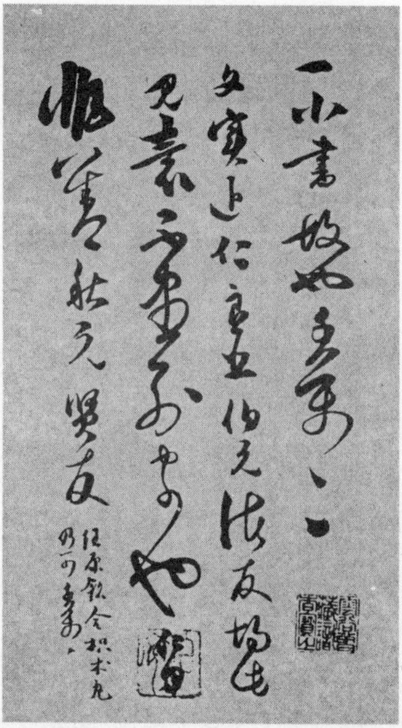

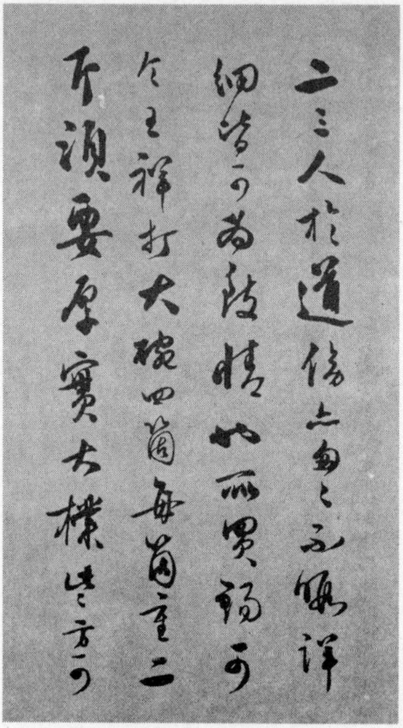

图27—28　镇远旅邸书札

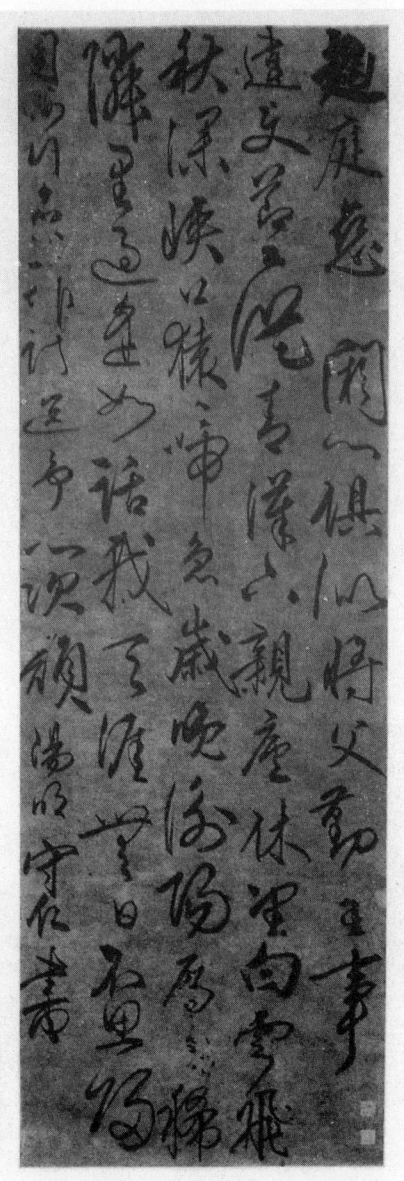

图29 《天涯思归》书轴

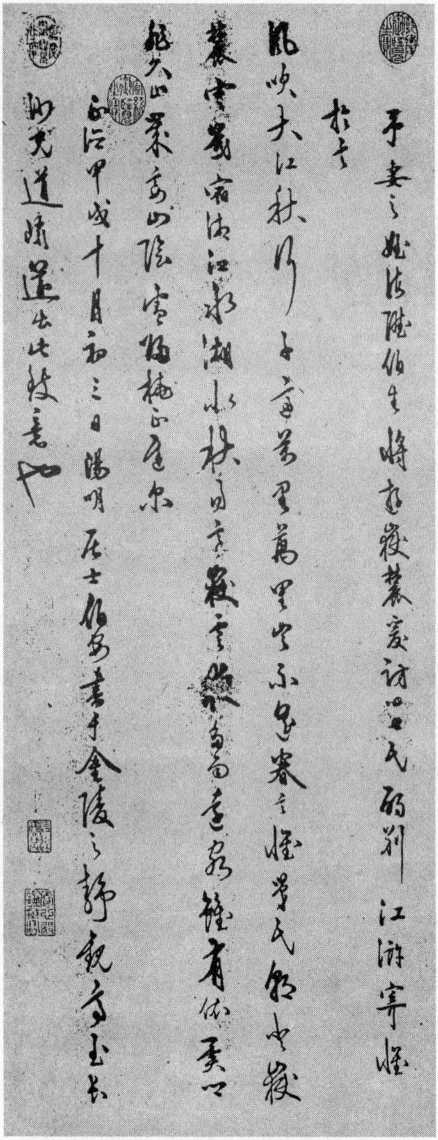

图30 《别诸伯生》诗轴

正德九年（1514），纸本，台北故宫博物院藏。

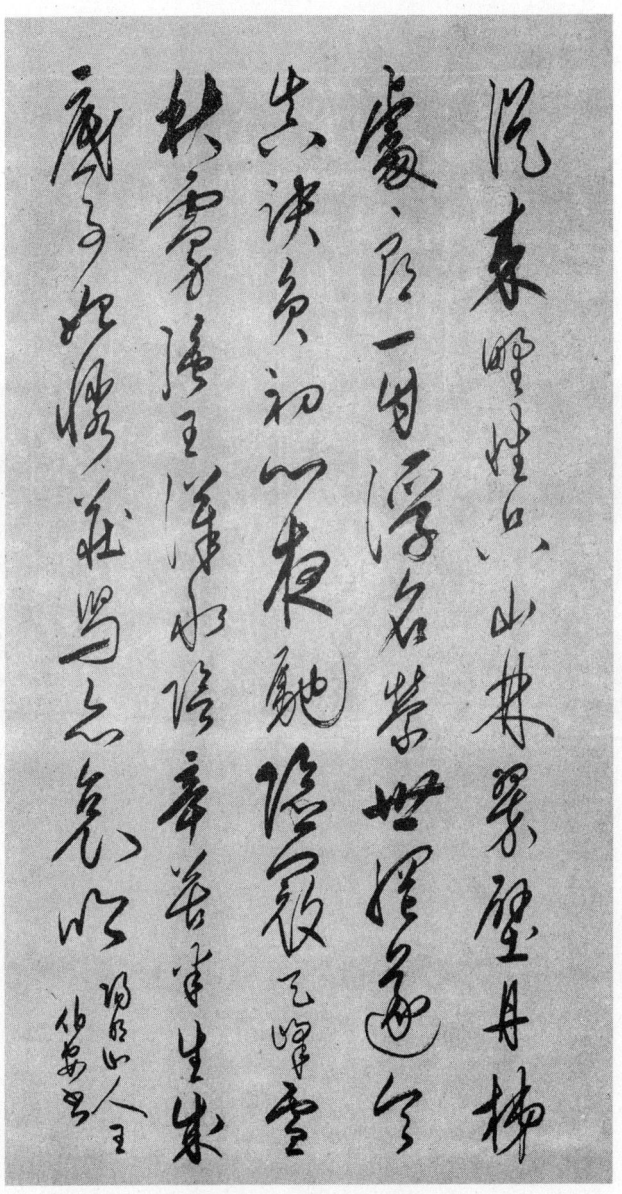

图31 《即事漫述》诗轴

正德十四年（1519），绢本，上海博物馆藏。

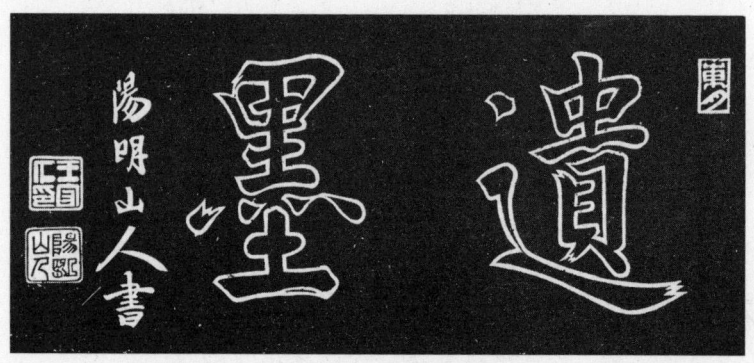

图32 《遗墨》

图33 王阳明像
中国历史博物馆藏。

图34 王阳明讲学处：余姚中天阁

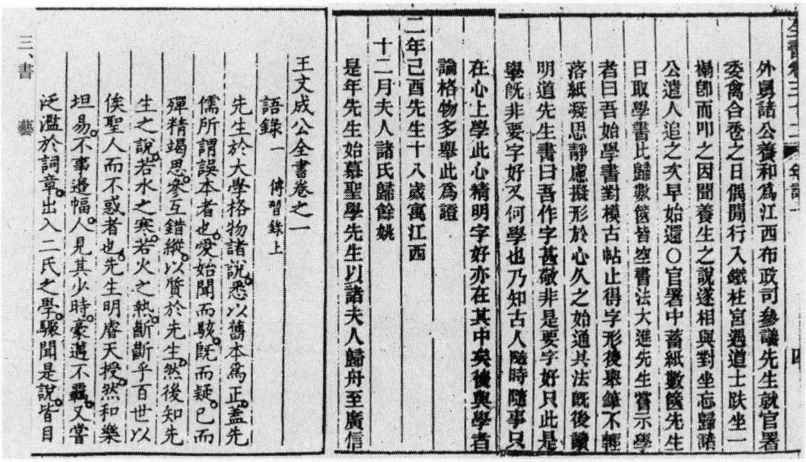

全書卷三十二　年譜一

外舅諸公養和為江西布政司參議先生就官署委禽合巹之日偶閒行入鐵柱宮遇道士趺坐一榻即而叩之因聞養生之說遂相與對坐忘歸諸公遣人追之次早始還○官署中蓄紙數篋先生日取學書比歸數篋皆空書法大進先生嘗示學者曰吾始學書對模古帖止得字形後舉筆不輕落紙凝思靜慮擬形於心久之始通其法既後讀明道先生書曰吾作字甚敬非是要字好只此是學既非要字好又何學也乃知古人隨時隨事只在心上學此心精明字好亦在其中矣後與學者論格物多舉此為證

二年己酉先生十八歲寓江西

十二月夫人諸氏歸餘姚

是年先生始慕聖學先生以諸夫人歸舟至廣信

王文成公全書卷之一

語錄一　傳習錄上

先生於大學格物諸說悉以舊本為正蓋先儒所謂誤本者也愛始聞而駭既而疑已而殫精竭思參互錯縱以質於先生然後知先生之說若水之寒若火之熱斷斷乎百世以俟聖人而不惑者也先生明睿天授然和樂坦易不事邊幅人見其少時豪邁不羈又嘗泛濫於詞章出入二氏之學驟聞是說皆目

图35　明隆庆六年新建谢氏原本《王文成公全书》书影

目 录

第一章 泛海 / 001

第二章 至圣 / 036

第三章 夜宴 / 076

第四章 明心 / 119

附录一 书信录 / 146

附录二 向内的把握与重建 / 166

附录三 需要说明的年代和事件 / 173

附录四 明史·王守仁传 / 177

附录五 王阳明年表 / 188

附录六 历代名人对王阳明的评价 / 196

后记 / 200

先生游南镇,一友指岩中花树问曰:"天下无心外之物,如此花树,在深山中自开自落,于我心亦何相关?"先生曰:"你未看此花时,此花与汝心同归于寂;你来看此花时,则此花颜色一时明白起来,便知此花不在你的心外。"

——《传习录》(下)

一个人的一生所构成的图表……是由三条弯弯曲曲的、无限延展的、不断汇聚又不断散开的线组成的,这就是一个人曾以为是的、曾希望是的和曾经是的那种东西。

——[法国] 玛格丽特·尤瑟纳尔

第一章 泛 海

正德四年（1509）十一月

贵州龙场驿

一个流放官员之死——一个京城小吏的苦闷——我的朋友湛若水——我入了锦衣卫监狱——狱中的阅读——泛海——父亲的形象——流放途中——我在树林里发出了一声长啸

一

　　那张雨中的脸,到了我生命的临终一刻还会再想起。①一次又一次,想起这张不再在这个世界存在的脸,想起那脸上的忧伤和阴郁,那种劫数将尽的张皇,我就仿佛看见了未来岁月里自己的脸。这种经验使我坚信,生活在这个世界上,通过一张陌生人的脸,甚至一头牲畜、一棵树,我们都会与过去或未来的自己相遇。

　　南方的山野,一过黄昏,天就暗得飞快,雨天尤甚。是秋天了,山道旁已见木叶纷飞,那黄蝴蝶一般的落叶,它们徐缓的落势仿佛对这个世界还充满着无尽的留恋。这僻远之地的驿站,一整天里除了一个商队,再也没有一匹马经过。百无聊赖地听着冷雨敲窗,我不无伤感地想到,又一天就要滑落了,过往的时间就要像落叶一样堆满我们的身后,直至湮灭我们的呼吸。

　　就在这样一个蛮荒之地的黄昏,那个男子进到了我眼里。准确地说,他们是三个人。透过驿站院子的篱笆,这三个小黑点转过一个山角,顺着驿路慢慢走近了。中间一个年长,走得有些踉跄,边上搀扶着他的两个年齿小些的,看样子是他的仆人或者子侄辈。那男子脸上不加掩饰的悲哀和沉郁一下就击中了我。我还

---

① 在贵州的山野间埋葬了几个死于道旁的路人后,王阳明写下了一篇题为《瘗旅文》的作品,本文的叙述即以此为起点。王阳明这样说及他与死者的交往:"予从篱落间望见之,阴雨昏黑,欲就问讯北来事,不果。"(《王阳明全集》卷二十五,上海古籍出版社1992年版,第951页)

发现他的脸是青色的,只有垂死之人才会有的那种青。

从他们的衣着和神情我一眼就可以断定,他们不是土著,而是来自北方中原一带。万里投荒所为何?就像我三年前从帝国的京城放逐到此一样,这个看上去要比我大上一轮的来自中原的男子(我猜想他是一个级别不太高的下级官吏)又是遭受了什么不走运的事呢?

这就是我与他——一个我连名字都不知道的放逐官员——的唯一的交往:我透过驿站院子的篱笆墙望了他一眼。就一眼。我看着他,他也看着我,他的眼神是茫然的,空空的,那种没有了生气的空。我那时当然不知道,这是我第一次,也是最后一次看到他,要不然,我怎么着也要把他拉进驿站,让他用温水烫脚洗尘,喝一盅土法烧制的辛辣的苞谷酒,祛祛身上的寒气。

作为一个政府驿站的负责人员——我的官职是龙场驿的驿丞——如果他提出下榻在此的请求,我是断断没有理由拒绝的,因为我的工作职责就是照料往来的行客,为他们提供服务。但这个可怜的人可能是碍着自己的戴罪之身,竟然在我的注视下走过驿站大门。就在我片刻的犹豫之际,他已经走过驿站,投宿到了对面不远处的一户土著人家。

现在你们已经知道,正是因为我那天的片刻犹豫,没有出门去挽留他,这个北来的行客生命中最后一个晚上被迫在一户苗家度过。在这一点上,我承认我有着不可推脱的责任。可是……可是即便我留宿了他，我能改变他走向终焉的命运吗？太多的事实已经告诉我们，命若琴弦，生如蝼蚁，我们每个人都不可能预先知道死亡这只独角兽会在何处跳将出来掳走我们的生命，就像摘下树上的一片叶子。我这么说是在为自己开脱吗？

本来那天晚上我是想去看望那三个中原人的。离京三年，音讯阻隔，北方中原对我来说已如另一个星球一般遥远。有客远来，坐谈帝京旧事风物，在这荒蛮之地也不失为一桩难得的赏心乐事。

吃过晚饭，我都已经穿上了蓑衣，提上了马灯，可是一打开门，肆虐的雨水又让我的脚步在门边滞住了。那雨就像一条条狂暴的鞭子，抽在脸上生疼生疼的。天气实在是太糟糕了。我取消了夜间的造访，却因为牵挂着那三个中原客人，一夜都没有睡好。后半夜，雨声小了下去，山野间的风，却像猫爪子一样不住地在门上抓挠。

我接连做了好几个噩梦，先是梦见姚江边我的老家进了大水，我的父亲抱着一卷书札在雨水中沉浮，大声哭泣。再是梦见我在杭州城外的一处寺院被三个刺客追杀，我顺着山后的小路跑到钱塘江边，刀戟一般的芦苇在我的脸上划出了一道道血口子，夜色中的河流发出巨兽一般的喘息。醒来，雨住风歇，日光已映红了窗纸，驿站的院子里满是断枝败叶。我草草洗漱了一下，就派人去苗家请那三个中原来的客人。不一会，去的人回来了，说那三个人一大早就动身上路了。

噩耗在此后接踵而来，好像是为了报复我昨晚的怠慢。快近中午的时候，有人从蜈蚣岭的方向过来，说一位老人死在坡下，边上有两个同行的哀哀地哭。我不由得叹息，唉，肯定是那个放逐的官员死了，可悲啊。

到了傍晚，又有人来说，坡下已经死了两个人了，那人的儿子也死了。我沉默无语，难言的伤悲让我晚饭也难以下咽。到了第二天一早，又有消息传来，那个仆人也死了！这一下我再也坐不住了，拿起铁铲和畚锸，叫了驿站里的两个年轻人和我一同前往蜈蚣岭。那两个年轻人面有难色，我说，你我同他们还不都是一样的！两人相顾一眼，跟在了后面。

是的，如果说那天晚上我只是挂念他们，现在则是无边无际的内疚把我湮灭了。我内疚，是因为我对他们并非一无所知。我无法置身事外。如果他们三人中有一人幸存，那么幸存的人对死者就负有责任，可是现在他们都死了，剩下一个与他们最有渊源的就是我这个北方人了，而这一切，都是源于我在雨中透过篱墙看了他们一眼！设若是在京城，或者中原的随便哪一个省份，我与这个小吏完全有可能是擦肩而过的陌生人，可这是在边远的贵州呀，任何一个来自文明化的中原地区的人都与我有着内心认同的亲缘关系。

我承认前面的叙述中有所隐瞒。前天晚上阻止我去与他会面的，除了风雨交加造成的不便，还有某种我说不清的不吉利的气息。这种气息正来自那男子脸上在劫难逃的神色。就在我第一眼看到他时,就隐隐约约预感到了他的死亡。他要死,就走得远远的吧,到别的地方去死,到无法让我知道他的死活的地方去死。这就是我当时隐秘的想法。只是我没有想到,死亡来得那么快,离我那么近,而且,奄忽之间三个人全死了!

他的死让我愤怒,但继之而来,我的内心里涌上一股更为广大的同情与悲悯:孤身一人,在黔三年,天知道我哪天可以重返中原,天知道哪抔黄土又将埋我!吾与尔犹彼也。是的,在这世上,我们都是蝼蚁,是尘埃,是一把虚无!我为这三个死于道旁的中原客悲哀,其实也是在为自己悲哀。雨中那张了无生气的脸又在眼前闪过,我已经预见到了自己会遭受和他们同样的命运。

但是现在这张脸上没有了忧伤,没有了悲哀,也没有了那天雨中的惊惶不定。它变得像一块经受了过多雨水的黄乎乎的石板,没有生机,也没有表情。两只曾经盛满了惊惧与不安的眼眶凹陷下去,成了两个小土坑,上面正有几只黑乎乎的马蝇爬来爬去。

下过雨的山土很松软,埋葬三人的土坑一会儿就挖好了。很快,荒野之中就多出了一个小土包。秋阳下,这个散发着新鲜泥土气息的小土包与周围的风物很是和谐,就好像,它一直就在那儿。

我献上一只鸡。我洒上三盅酒。我恭恭敬敬地端上三碗米饭。之后,我开始面对着这荒野之中草率掘成的坟墓滔滔不绝地说话,就像要把前天晚上没有进行的竟夕长谈放到这里来完成。我问他是谁,从哪里来,为什么要到这里做山中之鬼。就像一场礼节性的拜会一样,我同样没有忘记介绍自己:吾龙场驿丞,余姚王守仁也。没有人能回答我,只有秋风掠过荒草,像是有谁轻轻地叹息。

于是我开始为他编排一部推想的个人历史,包括他所来的地名,他生前的官职。身份是交往的前提,哪怕这身份如今只是来自我的臆测和猜想。我猜想他是为了五斗米的薄俸才来此地的。我这样推测他死亡的原因:扳援崖壁,饥渴劳顿,瘴疠侵其外,忧郁攻其中。如此的外困内忧能不死吗?我甚至埋怨他的死让我黯然神伤。我离开父母乡国来此穷乡僻壤已逾三年,之所以能在瘴毒的包围中苟全性命,全在于不敢有一日的消极怠惰。可是现在,他的死亡已经像毒素一样侵入了我的生命内部并威胁到了我以后的生活道路,因为这引出了我长久以来压抑着的焦虑和不安。

我谴责他又安慰他。我安慰他又教训他。我说得口干舌燥还意犹未尽。这情形就像三百多年后一个叫布罗茨基的诗人在《挽约翰·邓恩》中借对中世纪一个诗人的安慰说出对自己的安慰。是的,我们都难免一死。是的,在贵州,我是孤独的,死后也难免孤独。如同一个穿过坟场的少年唱着歌为自己壮胆,我也为他大声地歌唱。我唱不知乡关何处的离人之悲:连峰际天兮,飞鸟不通;游子怀乡兮,莫知西东。我还唱另一个世界里的宴饮之乐:

餐风饮露无尔饥兮,朝友麋鹿暮猿与栖兮。来自北方的死者欢聚在南方的山野,大吃大喝,欢宴悲歌,与麋鹿为友,和猿猴同床,比起人世间令人气沮的狗苟蝇营来,这种结局也不算太坏吧。

按理说,埋葬暴死之人是有仁人之心的人所应该做的,从感情上来说没有必要如此地如丧考妣。但真实的情形正如我已经告诉你们的,我为他悲伤,更是为自己悲伤,我在安慰他,更是在安慰自己。①我是借着对一个暴死之人的安慰说出了对自己的安慰。

二

我是三年前流放到这个边疆驿站的。在这之前,我已在帝国的心脏勤勤勉勉地工作了八个年头,辗转于工部、刑部、兵部的多个岗位,长时间地在从六品的官职上打着转。在外人看来,我有个状元出身的父亲——我的父亲王华在成化十七年(1481)赐进士一甲第一人——年纪轻轻又中了举,虽至今还没有得到朝廷

---

① 在《瘗旅文》的最后,王阳明说到他产生这种同情是因为预见到自己也会遭受同样的命运,他不知道自己是不是还有可能回到中原:"与尔皆乡土之离兮,蛮之人言语不相知兮!性命不可期!吾苟死于兹兮,率尔子仆来从予兮!吾与尔遨以嬉兮,骖紫彪而乘文螭兮,登望故乡而嘘唏兮!吾苟获生归兮,尔子尔仆尚尔随兮,无以无侣为悲兮!道旁之冢累累兮,多中土之流离兮,相与呼啸而徘徊兮!"美国汉学家宇文所安的《骨骸》一文可参看:"正如林云铭所指出的,在某种程度上这篇文章是王守仁为他自己写的,这个预示着他自己将来命运的吏目,引出了他所有的压抑着的焦虑以及放逐带给他的不幸。"(〔美〕宇文所安《追忆:中国古典文学中的往事再现》,三联书店2004年版)

的重用，但也算是在仕途上稳扎稳打地前进着，不出意外，若干年后混成个部级高官也不是没有可能，一有机会放出去巡抚一方那就更是威风得可以。

但在我们这个时代，文官的仕途起落都是极富戏剧性的。那场将改变我一生命运的牢狱之灾发生在一五〇六年的秋天。

自从二十一岁那年杭州乡试中举后，我就无时无刻不梦想着有朝一日步入承天之门。但癸丑年、丙辰年连续两次科考失利带来的耻辱让我不得不怀疑起了自己的智力。绝望的心情就如同等着一壶水烧开，底下的柴薪快燃尽了但那水还是不开。此时正值我陷入幽暗而迷狂的青春期的泥沼，政治上的饥渴与体内过剩的力比多让我在京师和南方小城余姚之间不停地奔波，时而出入佛老，向往着长生之术，时而又梦想着成为李东阳第二，权柄与文名并重天下。

在回到江南小城居住的两年间，流风所及，我也和当地的文学青年们组织了一个诗社，日日诗酒征逐，吟唱相随。但不久我就醒悟到诗歌的功效大抵等同于药与酒，长久地浸淫于文章辞藻之中只会迷失一个人的本性。一个像我这样的有志青年怎么可以把有限的精力浪费到这些无聊的事情上去？好在一四九九年春天的一次会试中我终于进士及第，差堪让对我越来越灰心的父亲舒了一口气，我也终于可以在他面前挺直脊梁了。

登录进士榜的直接好处就是让我得以有一个合法的可以留在

京城的政治身份,而不再是随父寄寓其间的外省青年。我被分配到工部,做了一个见习官员,顺便学习官场上的各种规矩。我们的帝国认为,对一个刚进入文官阶层的新科进士来说,学习这些规矩很有必要。工部这个富得流油的部门管理着帝国的漕河运输、铁厂织造、屯田铸钱,同科的进士把我谋得这么一个肥缺美差归功于我状元父亲施加的影响。以他们的鼠目寸光怎么可能知道我的志向呢?工部设在东朝房,离我住的长安西街不远,那些日子每天早晨走在上班的路上,我的脚步都是欢欣雀跃的。

急于报效朝廷的我在工部干了没多久就向弘治皇帝递交了一份关于边疆问题的建议书。以我研读历史的心得,"边务"是让历朝皇帝最头痛的事情,因为这不仅显示出皇权的限度,也暴露出帝国内部体制上的一些问题。当然,我这么热切地关注边患,也不无大丈夫建功异域的幻想。在这份六千余字的报告中,我从边务不振乃内务腐败所起这一点着手,提出了八条建议,恳请皇帝发给兵部,斟酌施行,"痛革蔽源"。《边务疏》递上去后我就开始了等待,但好多个日子过去了还是没有一点回响,就像把一块石头扔进一个黑洞,好半天也没有传上来一点声响,你不知道它是到了底,还是让黑洞给吞没了。这让我疑心弘治皇帝是不是看到了这份报告,说实话,即便看到了,已不再勤于政事的皇帝有无足够的耐心和体力看完这篇新科进士的六千余字的高论,也实在是个问题。

在工部实习却去关心边疆问题，在同僚和上司的眼里我这是不务正业。我听到的另一个对我的评价是爱出风头，事功思想太急切。我很快就厌倦了在工部做一个浑浑噩噩的小公务员，可是帝国庞大的文官系统就像一座金字塔，我这个塔下的沙子抬头看看它的高度都会头晕。光阴无涯，吾生有涯，这样按部就班地往上挨，怕是挨白了头也到不了多高。以我的才具，我想我最适合的还是去都察院做一个科道官。

在我的颇为理想化的设计中，这是一个能够达到知与行融为一体的官职。本朝典制，言官位卑而权重，自太祖皇帝以来，受都察院御史或六科给事中的弹劾而落马的官员不计其数。本着良心，以语言做武器，做帝国政坛的清洁工，这实在也是一条建立不朽功业的途径。然而一年的见习期结束后，我被分配到刑部担任云南清吏司主事的实职。当然，我用不着去云南，只是在北京的刑部分管来自云南的案件。

在京城做一个下级官僚的最大悲哀是由不得你自己做主，总是被支使来支使去，应付各种各样临时的差遣。刑部管理着帝国最大的监狱提牢厅，每个月部里都要派一名主事下去当值。到了十月，上级找我谈话，要我下去当班。我明知秋天是决狱的高峰期，这个时候下去最为疲顿劳累，人人都想避开这个档期，但为了给上司一个好印象，还是不得不装出踊跃的样子。一个月下来，我感到这实在是天下至繁、至猥、至重的苦差事。不久，我这枚帝国官场上的小棋子又被派到直隶、淮安等府，会同地方法庭的巡按们审决重囚。

对于官场学这门中国最具实用性的学问，我不像那些死读经书的书生那样天真迂腐，也不像同时代的唐寅、李梦阳那样抱着不切实际的幻想去碰得头破血流，作为一个自小喜读兵书的实用主义者，我深知官场如战场的道理。初涉政坛，虽然做不到如鱼在水，但也不至于困窘到走投无路。我只是受不了这样无所事事地耗着，耗到油尽灯枯的一天。为了放松一下疲惫的身心，淮北的公事一办完，我就上了九华山去散心。

尽管我不是个以山水为功课的人，但自然的草木枯荣和晨昏之际蒸腾的云霞还是让我大有今是昨非之感。海拔的高度似乎也连带着提升了精神的高度，京师远了，那蝇营狗苟的小官僚的生活越发显出围城一般的可笑。双峰、莲花峰、列仙峰、云门峰、芙蓉阁……一路走下来，内心里一个声音越来越坚决，那就是回去，回南方去！夜宿九华山巅无相寺的一个晚上，我梦见了苏东坡。苏东坡对我说了一句话，就在佛堂的照壁后消失了。我醒来后才想起这是他的两句诗：小舟从此逝，江海寄余生。

在九华山的几天里，我还专程去拜访了一个叫蔡蓬头的道士。道士对我说了让人莫明其妙的两个字：尚未。我避开左右，跟着道士到了后亭，恭恭敬敬施了一礼后再请教，他还是那两个字。我再三恳求他再点拨一二，道士说：我看你虽然打躬作揖执礼甚恭，可总是忘不了一副官相。

回到京城复命，我就上疏请求回家养病，回到了南方的会稽山。京城寒冷干燥的气候已经在损害我的健康，好几次，我从痰丝中发现了隐隐的血迹。我希望南方湿润的空气会对我越来越严重的肺病有所裨益。

三

这段不长不短的病假第二年开春就结束了。回到京城，我还是该干什么就干什么，去刑部上班应卯，与人谈禅说佛，得空读几页《周易》。到了秋天，我去了一趟山东，协同主持了一场选拔举人的乡试。

山东是孔夫子的故里，以区区刑部主事的身份来到圣人故里担任乡试考务工作，这不能不归之于声誉日隆的父亲的影响。我的父亲王华得中状元后先是成为《大明会典》的主要编撰官之一，后来又成为经筵官，在圣主恩宠下升迁到了礼部右侍郎的位置后仍兼日讲官。

我不得不承认这一破例的荣选满足了我积久寂寞的虚荣心，但另一方面，在帝国政坛可以一试身手的兴奋也使我暂时摆脱了逃禅学仙的颓废心境。我只有三十三岁，怎么可以如此放任！我为生员们出的题目基本上是围绕当下知识分子道德的滑坡问题和风俗之美恶与天下之治的关系。

我还在策论的范文中这样写道：我们这个时代最大的弊病在于十羊九牧，人浮于事，致使名器太滥，而官员的选拔又不以德能，德能又没有一个标准，一个人做了官，就成了国家机器的化身，但又有谁是为国事而来？只是为了名器罢了，名器一滥，天下人都生必得之心，纷扰自生；纷扰一生，纲纪就不振；纲纪一不振，天下就会大乱。在文章的末尾我为这个时代开出了这样一剂药方：当今之务，莫大于整肃纪纲。

我这番洋洋洒洒的话把同僚们吓得不轻，他们一致认为我的胆子也太大了一些，一个低级文官竟敢对朝政如此漫加评议。而我深感惋惜的是我只有这么一个机会主持区区一省的乡试，不能真正走上为国家选拔豪杰才俊的领导岗位。考务既毕，我跑到泰山玩了几日，又去观了东海。海涛拍石的訇然巨响中，我一个人走在海边吟诵着曹孟德的"东临碣石，以观沧海"的伟大诗篇，不由得慨叹一事无成但惊逝水，半生有梦尽作飞烟。想着在庸碌的文牍生涯中消磨的一日日，真个是：我才不救时，匡扶志空大！

主试山东时的放言无忌没有让我蒙受飞来横祸，也没有让我得到荣升骤起的机遇，这一方面说明仁慈的弘治皇帝的开明，另一方面则说明这个庞大的帝国已经身患沉疴，来自内部的谏言已触动不了它肥软的躯体。

返京不久，我奉调到兵部任主事，官秩从六品，穿起了绣有鹭鸶的青袍。在品级严明的帝国官场体系中，我这只小小的蚂蚁总算是迈出了半步。我任职的武选司,是兵部第一司,掌管武官的选升、袭替、功赏之事,相当于兵部中的吏部,在外人看来,这对我已经是个实至名归的安排。但我不无悲哀地发现,它离我的自我期许不知隔了几重大山。

这就是十六世纪的最初几个年头,我在京城的官场里所过的庸庸碌碌、疲惫不堪的生活,不出意外的话,我丝毫不怀疑我会像一头转磨的驴子一样在中央六部慢腾腾地转上一圈,并随着年齿的增长像蚂蚁爬树一样获得缓慢的升迁,最终在老境到来之际熬成一个侍郎或者尚书,然后体面地退休回家,做个写写老干部体诗歌的致仕乡绅。但设若真的到了那一天,我还会是我吗?我想我自己都不会接受未来岁月里那样平庸的一张脸。

冗长、刻板、无聊的小公务员的生活已经在损害我的健康。痰中的血迹不再让我心惊,因为出现的次数太多了。好在还有朋友,不然这世界真要像月球一样荒芜了。一五〇五年夏与湛若水①的相识是我一生中的一件大事,这一事件对我心智成长的作用要到好多年以后才会彰显出来。若水是广东增城人,这个品行高洁

---

① 湛若水(1466—1560),字元明,号甘泉,广东增城人,师从名儒陈献章(世称白沙先生),学者称其为甘泉先生。明弘治十八年(1505)进士,历官南京礼、吏、兵三部尚书,长期在南京、扬州、番禺、增城、南海等地讲学,著有《心性图说》与《圣学格物通》。《王阳明全集·年谱一》:"十有八年乙丑……然师友之道久废,咸目以为立异好名,惟甘泉湛先生若水时为翰林院庶吉士,一见定交,共以倡明圣学为事。"

的年轻人无意功名利禄,立志要做当代颜回,拜了南方大儒陈白沙为师,在老家闭门读书好多年,后来拗不过他母亲,才不得不到南京国子监入学,并在这一年春天的会试中被擢为第二,选为庶吉士。据说主考官看了他的卷子后就说,这个人一定是陈白沙的学生。一见若水我就大起契悦之心。

我对别人说,我到北京二三十年,从来没有见过这样的人物。我这话并非一味溢美。我可谓阅人多矣,当时的名公巨卿如李西涯(李东阳,号西涯),文学名家如前七子等,都不能引起我由衷的敬佩,因为在我看来,他们只是招摇一时的明星而非至人。而若水的学问唯求"自得",却是真正体现了圣人之学的典范,这样的人不引以为知己,天下谁是知己?

我相信若水也一定和我有着相同的感受,因为从别人的口里,我也听到他这样说我:若水泛观于四方,未见此人。公务之余,我们时相过从,诗歌唱和,切磋学术,并在一场场面红耳赤的争论中加深了解、促进友谊。多年以后——那时我已离开了这个让我欲爱欲恨的世界——我的这位好作警句的朋友用这么几句话概括了我的思想历程:"初溺于任侠之习;再溺于骑射之习;三溺于辞章之习;四溺于神仙之习;五溺于佛氏之习。"[1]

然而一场突然降临的牢狱之灾阻隔了我们的友谊,也终结了

---

[1] 《阳明先生墓志铭》,见《王阳明全集》卷三十八《世德纪》,上海古籍出版社1992年版。

我在北京并不太如意的政治生涯,并最终把我逐出了这个让我欲爱欲恨的都市。从我十三岁那年随父第一次旅居京华起,已经过去了二十多个年头,二十多年里,我习惯了这座城的胡同与青砖灰瓦,习惯了它春天到来时扑面的黄沙与马车驶过时迷眼的尘土,习惯了落尽叶的槐树间爽净的天空和人们的语调,从没想到有一天会离它而去,并且,是以这样一种屈辱的方式离它而去。

四

这桩彻底改变了我生命河道的事件发生在一五〇六年的秋天。

之前一年的五月仲夏,也就是我结识湛若水之前,仁慈宽厚的弘治皇帝把太子托付给几个亲信的顾命大臣后在乾清宫撒手西去,随之结束了大明十七朝历史中最为承平的一个时代。

这位死去的皇帝称不上有作为的英主,却是个难得的好人,同时也是个优秀的倾听者和道家仙术的崇信者,一个恪守儒家之道的本分的好丈夫(有充分的证据表明他是本朝开国以来,甚至中国历史上唯一一位做到了一夫一妻制的皇帝)。皇帝的耳根软,总免不了有人在他边上像苍蝇一样嗡嗡,那些有抱负的官员或油滑的官痞,用他们真真假假的情感、虚虚实实的方式,没完没了地要求他温习经典,倡举文明,向他灌输各种他们认为最有效的观念。谁都看出来了,这是风险最小的鸣放时期。以较小的风险,获取最大化的"名器"的利益,历来就是太过聪明的文官们谁也不肯放过的机会。因此几乎可以这样断言，本朝开国以来，包括以后，再也不会有像他那样仁慈、那样有耐心听取批评意见的皇帝了。

接下来即位的正德皇帝朱厚照却是个不折不扣的顽主加流氓。是的，一个流氓——尽管他是"今上"，我还是要鼓起勇气说出这一点——顾命大臣们没有按照先帝的遗愿把他教育成一个"好人"，宵小之徒却轻而易举地把这个十五岁的少年造就成一个淫欲之徒，一个合法的流氓。

据说，他从不在乾清宫过夜，他经常下榻的豹房是一个类似淫窟的所在，无数倡优、乐工、喇嘛、术士和种种奇模怪样的人簇拥着他。他还喜欢乔装打扮，偷偷潜出皇城，带着内侍和校尉们，趁着夜色在京城大街上快马驰骋，想喝酒了，或者想找女人快活了，就随便找个大户人家闯进去。

新帝一登基，经筵日讲都停了，只是在内苑里和内侍们大玩鹰、犬、狐、兔。对于大臣的批评意见，他的处理方法也与乃父大相径庭，干脆罢黜了事，辖制住你的舌头。不到一年，就把前朝的旧臣几乎全罢免了。甩开了这些老厌物，这个年轻的皇帝就让斗大字不识几筐的宦官刘瑾带着一伙宦官直接办事。

岁在丙寅的一五〇六年注定是个多事之秋，一次次异常的天象怎么看都不是好兆头：先是年初云南连日地震；再是山东莱州自九月起接连地震四十五次；一场大雨中震怒的雷霆和暴风击坏烧毁摧折了禁门房柱和天坛的一些树木；地动天鸣，荧祸守心，星斗昼见，白虹贯日……迭现的群灾是天心在向着人间示警，然而这些凶年的征兆并没有让年轻的皇帝惕然醒悟，相反，他越发地放任内侍和各地镇守太监蚕食朝政，让东厂和西厂的锦衣卫们刮起一阵阵白色恐怖的风潮。或许换一个角度，从皇帝的角度来看，不是朝政烂了，而是文官们都烂了，他要借太监们的手来一次大换血。

在这场权力争夺中，由于皇帝的屁股坐歪了，文官集团从一开始就处在了劣势。为了自保，他们反击了，言官们开始交章弹劾太监。他们请大文学家李梦阳执笔起草了弹劾刘瑾等人的奏章。漂亮犀利的文笔刺激得皇上也"惊泣不食"，他曾短暂地犹豫过要不要把为首的八个太监（号称"八党"）送到留都南京避避风头。然而大臣们斩草务尽的狠劲儿又刺激得他把这八只红了眼睛的老虎放了出来。当大学士们集体辞职的奏疏递上去的时候，皇帝连虚假的客套挽留都没有。顾命大臣之一的刘健跑到祖庙以头抢地，号啕大哭，为未能把正德教育成个"好人"而深感对不起九泉之下的先帝。

文官集团自然不肯善罢甘休，他们退而求其次的策略是请留刘健、谢迁等倒台的内阁。谋诛八党时，是北京的言官首先发难，这次请留阁臣的声势则由南京的言官来扛大旗。南京六科给事中几乎都站了出来，连章奏留刘、谢。让我在这里恭敬地记下这其中一部分舍生取义的英雄名字，他们是戴铣、李光翰、徐蕃、牧相、任惠、徐遥、薄彦徽。刘瑾对这些不识时务的反对党的处置一律"廷杖除名"，即逮到京城的帝阙下，脱下裤子，打三十军棍，然后开除公职，斥为百姓。有个别官员或上疏乞救，或抗议，都遭受到同样的屈辱。

前面说过，刚做京城小吏时我曾经希望自己成为一个刚正不阿的言官，尽管我一直无缘得遂，但对这一职业我始终保持着足够的敬意。这一盲目的好感使我不知天高地厚地向皇帝递交了一份奏折，想救下这批南京的言官。我自以为这封奏折写得立论公允，语调委婉而平静。我对皇上说：戴铣等人想必是触犯了皇上，但他们以言为责，其言也善，说错了皇上也该包涵，以开忠谏之路。现在却特派锦衣卫把他们押解赴京，群臣皆以为不当而无人敢言，怕受相同的处罚而增加皇上的过错。这样下去，如果再有关乎国家危疑不合祖宗体统的事情，皇上还能从哪里听到好的谏议？①

看来我真是太自作多情了。我这般苦情陈辞，只是为了不让

---

① 《王阳明全集·年谱一》："武宗正德元年丙寅……先生首抗疏救之，其言：'君仁臣直。铣等以言为责，其言如善，自宜嘉纳；如其未善，亦宜包容，以开忠谠之路。乃今赫然下令，远事拘囚，在陛下不过少示惩创，非有意怒绝之也。下民无知，妄生疑惧，臣切惜之！自是而后，虽有上关宗社危疑不制之事，陛下孰从而闻之？陛下聪明超绝，苟念及此，宁不寒心？伏愿追收前旨，使铣等仍旧供职，扩大公无我之仁，明改过不吝之勇。圣德昭布，远迩人民胥悦，岂不休哉！'"

皇帝背着怒绝民意的恶名在独裁者的道路上越走越远,但一个区区小官的善心建议,在今上听来不是心怀叵测就是一只蚂蚁的呻吟。那个带着黑色幽默色彩的结局几乎从一开始就注定了——我和包括尚书韩文、林瀚,都御史张敷华,郎中李梦阳在内的其他五十三名不听话的文官一起被刘瑾先生列为奸党,在金水桥畔召开的公判大会上榜示朝堂,打了四十大板屁股,随后被关进了诏狱(即锦衣卫监狱)。

入狱是在十一月,天气还有些暖意。很快就到了十二月,从西伯利亚吹来的寒风连着送来了几场大雪。冻雪,与天上的彤云,把天地籀得如同一个严严实实的大桶。当世人都在这个大桶里死去了一般酣睡时,没有什么比清醒的滋味更让人痛苦的了。外面传来狱卒走在冰结的雪地上的脚步声,从小窗吹进的风带着冬夜特有的清冽。越是强迫自己入睡,越是觉得黑夜无边无际,漫无尽头。室如穴处,无秋无冬!岂无白日,寤寐永叹!

本以为弘治时代以来宽松的政治气氛能让我有所作为,却没想到落得个身陷囹圄的下场。天哪,我才只有三十五岁啊!如果说我有后悔,倒不是后悔上了这道该死的奏折,而是我几年前回到南方会稽山后根本就不该再来自投网罟。如今看来,在会稽山的林荫道上散步,在澄静如练的余姚江中放舟,这些寻常的家居生活也成了遥不可及的梦想。看来我是过于轻信这个时代了,不,我是迷于心魔了。

幽禁的日子把时间抻成了一根长绳，也成倍地放大了我的孤独。我思念高墙外的亲人，更因知道他们的牵挂而心乱如麻。然而打断我愁思的只有那只忽而蹿上床、忽而隐匿不见的狡猾的老鼠。在幽室中，我度过了一生中最为黑暗的一五〇六年。大年夜，听着京城里或远或近的毫无心肝的爆竹声，对着铁窗外冻得瑟缩起身子的几点毛茸茸的星光，我在彷徨涕沾裳之余，也勉强打起精神滋长出逝者不可及、来者犹可望的自勉式的朦胧希望。

向来知道我心性的家人，在送来食物和衣服的同时还送来了我常读的《周易》。困厄之中的阅读带给我平常日子里不曾有过的体验。我深深感到这本上古的典籍里包含着一个伟大的玄机，要破译出这个秘密，就要像纳博科夫说的那样用脊椎骨去读它。

处分在新年过完后终于下达了：我被流放到贵州修文县龙场驿当一名驿丞。虽然不在意料之外，但"龙场"这两个字，对我来说不啻如火星一般遥远。难道这个陌生的地方就是我的终焉之地吗？贵州地处帝国南疆，历来乃蛮荒瘴疠之地，只有犯了重罪的官员才会发配到这个地方，我当然清醒地知道，把我流放到这个鬼地方，实际上也就是间接宣判了我的死刑，只是，要让我死得慢一些而已。

出狱后我被允许回家和家人见面，并做些出发前必要的准备。父亲已在我入狱的时候被调去南京，名义上是平调，实则是贬谪。家里也是四顾萧然。好在还有湛若水和汪抑之、崔子钟这些朋友过来，一起借着酒劲骂骂时政，并在感伤的气氛中写下一些充满了离愁别恨的句子相互安慰。我们甚至指酒为誓，约定在我放还以后一起隐居到衡山，共同研习不朽的《周易》。

二十世纪的一位传记作家在一篇散文中把流放出城的我比作战国时期伟大的屈原，除了那种时代积习致使的矫情文风让我不堪忍受，那段文字对我当时失望中夹杂着愤怒的复杂心情的摹写大抵是确凿的：

一五〇七年的春天，明朝的一个京官被逐出了北京城。他就是王阳明。由于抗言直谏触犯了权贵，此去他将远赴万里之外，贵州中部一个叫龙场的地方，"荣恩降受"驿丞这个小官职。

初春的北京城，尚是黄沙扑面，王阳明回望京城的繁华，看见了巍峨的宫墙上空一大朵一大朵急急南驰的浮云，他的眼前同时闪过了去郢的屈子和仓皇出长安的杜子美，一股莫名的悲怆由心而生。远在天涯的贵州龙场，难道就是自己的终老之地吗？对不可知命运的惊惧，让他觉得已经过去的三十六年的生命恍若一梦。朋友们赶来相送，都是宦游的士子，长亭短亭，也只有以诗句赠酬，含蓄地互相安慰。王阳明这样对他们说：你们请回吧，难道你们没有看到，这些诗句只能让我更加伤心，更加忧愁？①

往南走了十多天，投宿在运河边的一个小镇的晚上，我与我的朋友们又在梦中重逢了。醒来后，我重新回忆起了那个在衡山结庐、共同研究《周易》的约言。来日未卜，生死未明，现在听着运河的涛声，想起那个天真的誓约，我才明白朋友们的一番良苦用心，这冰雪一般高洁的友情不由得让我双眼泛潮。

五

夏天，我到了杭州。这是一年中最盛大的季节，江南的田野上，到处是草盛麦黄，虫鸣喈喈，自然的物征兆示着生命在严冬的沉寂后必将复苏。大自然是治疗精神痛苦的一剂良药，更兼这里与故土会稽余姚相去不远，我冰冻多日的心房终于出现了一丝暖意。

我决定在这里养好折磨了我冬春两个季节的肺病再南行。然而随着时日的推移，我心中的不安反倒沉重起来。漫步南屏，林间的幽禽似乎在向我做着警示；静坐城外胜果寺山房，夜深时分松间的阴影也让我兀然心惊。不吉利的消息终于传来，有两个从京城出发就跟定我的锦衣卫已经尾随而来，伺机要把我暗杀于流放途中。

---

① 赵柏田《荒芜赣黔路》，载《随笔》杂志1997年第5期。

惊悚之余，我幡然醒悟：这三十年的气力都用错了地方。自己连性命都不保了，却还对朝廷抱着这样那样的希望，这真是命运给自己开的残酷的玩笑。

我接下来的境遇经由冯梦龙、查继佐等后世文人的极力渲染和夸大，已经成了一则惊心动魄的传奇故事。在这些耳食之言里，我被两个锦衣卫杀手追赶到江边，无以脱身，就脱下鞋子摆在河岸，把一顶纱巾漂在水上，布置了一个自杀的伪现场。故事里的我骗过这两个愚蠢的杀手后，暗中登上了一艘商船，向舟山进发。故事还说，戏做得太真了，不仅骗过了锦衣卫，连我的家人都信以为真，跑到钱塘江中四处淘索尸体，还在江边哭吊了一场。[1]

这些小说家言都有一个明显的漏洞，并不处身同一时代的这些人好像商量好了似的要在典型环境中突出我这个典型人物的典型形象。其实锦衣卫岂是那么好骗的。钱塘江水深浪大，要看清所谓的那个现场，他们就要走得很近，而一旦走近了，他们就可以轻易地发现事情的真相。如果站在高岸，他们根本看不到什么。

不管怎么说，杭州是无论如何待不下去了。我使钱在江边搭乘上了一艘商船。后来的事情你们都已经知道，阴差阳错地，那艘从钱塘江出海的商船并没有到达舟山。不知是不是转了风向的缘故，天一亮，我们才发现这船竟漂流到了福建的中部沿海。那

---

[1] 冯梦龙的《皇明大儒王阳明先生出身靖乱录》对此有颇为戏剧性的描述。此文附录于《传习录》，中国文联出版社1995年版。

个晚上在海上与飓风做斗争的可怕经历，使我在弃舟登岸藏身武夷山的一个野寺后还心有余悸，而风平浪静后那种梦幻般的宁静又几乎让我疑心已经身处极乐世界。惊魂甫定，我向庙里的住持要了一支笔，在那个野寺的墙壁上题了一首叫《泛海》的小诗：险夷原不滞胸中，何异浮云过太空？夜静海涛三万里，月明飞锡下天风。①

现在回头看去，这几句性急之作尽管不无矫情，但在某种程度上还是还原了那个海上之夜的情景：夜月明净，风涛万里，一叶孤舟忽而抛上浪尖，忽而跌入深谷，而随时都可能到来的死神就拍打着它黑色的翅膀在我们的头顶盘旋着，迟疑着到底是不是要落下来。以后的日子里，一遇险境我就会想起那个难忘的海上之夜，想起挽着缆绳时一个个迎头扑来的巨浪。是的，"泛海"，自从我离开京城，我就把它看作了我颠沛生涯的一个隐喻。

我在武夷山盘桓了几日，然后北上鄱阳湖。当我离开鄱阳湖赶往南京的时候，京城里正在流传着我在钱塘江投水又在福建上岸的神话。这话也传进了我的朋友湛若水的耳朵里。若水听到这些传言，淡淡一笑，说，这么荒诞不经的传说你们也信吗？这是我的朋友在佯狂避世呢。作为一个出生于南方的经验主义者，我的朋友认为凡事亲历实证过了才好相信是不是真的，他这样告诉他们：虽然初春天气江南沿海刮的都是东南风，但当寒流袭来时

---

① 《泛海》，录自《王阳明全集》卷十九外集一《赋·骚·诗》，上海古籍出版社1992年版。

风向北转,把船吹到福建也不是没有可能。多年以后,我和若水在滁州相会,连床夜话时,他还把这事作为笑话向我提起。

我去南京是去看望我的父亲的。数月不见,父亲又老了几分。看着他又添几缕白发的鬓角,我不由得心生愧疚。少时顽劣,现在又身遭此祸,我可从没有让他省心过啊。说起不久前我入狱时家人的牵念,这生死之变后的重逢更是让人感怀唏嘘。

父亲告诉我,我刚下狱时,刘瑾好几次传话给他,只要他做出修好的表示,去刘宅走动走动,不仅我可以免去牢狱之灾,我们父子还可以一起得到升迁。但他几乎没有犹豫就拒绝了。他说起这件事时轻描淡写,但我亲耳听他说起时还是感到震惊。父亲的形象在我眼前一下子高大了起来。

说话时我几乎没有停止过咳嗽。父亲盯着我焦黄的脸,说,你的肺病越发厉害了,以你现在的病况,去贵州这样的边地做个小吏肯定是去送命。照父亲的意见,处分已经下达,风头也已过了,小小一个六品主事反正也没人盯着,倒不如从容一点,养好了病再到流放地去。

这样我便又折回了杭州,在胜果寺凉爽宜人的松树林里度完了整个六月,感觉病好了一些后又回到了越地老家。这个夏天让我无比欣慰的是我正式收了三个学生,他们是余姚的徐爱[①],山阴

[①] 徐爱(1487—1518),字曰仁,号横山,浙江余姚人,王阳明的妹夫,也是他的第一个学生。正德三年(1508)进士,工部郎中。

的蔡宗充和朱节。他们坚持要举行一个声势浩大的拜师仪式,认为不举行这个仪式就不能算是名正言顺的学生,我居京时就跟着我问学的妹夫徐爱尤其坚持要这么做。于是在向我行了隆重的拜师礼后,他们成为我一生中长长的师生链中的第一环。

不久,这三个刚被发展的同志就被地方府学荐为乡贡生,要到北京去了。我告诉他们,到了北京就去找我的朋友湛若水,要像跟着我一样跟着湛老师学习。弟子们唯唯应诺,说,老师,您送点什么话给我们吧。于是我写了《别三子序》,告诉他们只有潜心向学的人才能刚柔并济——深潜刚克,高明柔克。我生平第一次摆出导师的架势对着他们说:三子识之!

现在诸事已毕,我只得向万里之外的流放地缓慢开拔。我在地图上画出了我将要西行的路线:从姚江坐船,抵达钱塘江,然后经广信①、分宜、宜春、萍乡,入湖南境内,过长沙,涉汀江,下洞庭,溯沅水,再经沅陵、辰溪,最后从贵州玉屏西行进入修文县界……尽管我们这个帝国的行政效率极为低下,但按照事不过年的惯例,我这个流放者还是必须在年关前向戍所报到,开始我新的工作。

途中总有一些相识或者不相识的地方官员请我喝酒。尽管我不是一个高阳之徒,但酒精的力量还是可以缓释旅途的困苦寂寞。经过广信时,我得到了当地蒋太守的热情款待,他特地赶来和我

---

① 广信,今江西上饶。

在舟中对着江风明月喝酒夜话。这一颇具古君子之风的举动感动得我差点掉下泪来。我向他打听居住在此地的我的老师娄谅的近况,为自己一介犯臣不能亲谒拜访而心生惆怅。

随着旅程一日日的延伸,一想起家乡的物事我的眼睛就会变得潮润。深秋的一个晚上,我投宿在萍乡的武云观。那天晚上的月亮特别地大,特别地亮,它皎洁的光照使我又恍若置身于美丽的鉴湖之滨。还有一个夜晚,我在醴陵道中遭遇了一场可怕的大雨,投宿在泗州寺,听着窗外的风雨读了一夜的《周易》来保持内心的平静。

京师的繁华和江南的绮丽富庶,已成为遥不可追的往事;期待朝廷的恩泽,也只是一个梦想。一个犯臣只有收拾心性,好好赶路。洞庭、沅水是一千七百多年之前楚国的逐臣屈原行吟、安息之地,我这个流放者没有必要轻易去模仿他,一是觉得自己还不够资格,白死不说,还要惹得天下人笑话;二来呢,我是想看看,在这无路可走的时候前面还有什么在等着我,就像后来的史家说的,"在一无所有中返本追问生命的真正意义"。而这种追问,正如你们知道的,在我还是一个孩子的时候就已经开始了。我隐约意识到,万里投荒,这种追问或许会有一个答案。

看来我在学术上的声名因着传奇性的政治遭遇早已远播到了湘楚一带。当我刚进长沙城时,听到消息的当地年轻学者不顾我鞍马劳顿就赶来要和我切磋学问。我这样告诉他们,宋学的根基就在你们湖南，伟大的朱熹和周濂溪在此间留下了良好的学风，作为士人，你们这样做正是在继承这一宝贵的"圣脉"。

怀着对前辈学人的尊崇之心，一个雨后新晴的天气里，我在几个当地年轻学者的陪同下登上了岳麓山。山色苍翠，空气清新而甘洌，曾经闻名天下的岳麓书院已呈破败之相，但我还是为能一睹当年朱熹讲学的遗迹感到不虚此行。那天，长沙的赵太守也闻讯赶来，陪着我在山上喝酒，直到城里已是万家灯火，我们才相扶着踉跄下山。

当我离开长沙城继续西行时，这位有着浓郁书生气的太守和手下王推官又把我热心地送上了船。临行前，我赞扬了赵太守在地方文化和教育上所做的卓有成效的工作，同时也坦率地告诉他，这块斯文重地已大非昔日可比，在这样一个鱼目混珠的年头，一个有良知的知识分子也只能从自身做起，努力去守住道德的底线，才不至于随波逐流。

饥饿，盗贼，泥泞，沅水上的触礁翻船，道路塌方，风雨险道，深泥陷马……不过，比之吊诡的政治，大自然还算是仁慈的。它没有把我这具多病的躯体断送在半路就是一个明证。

一五〇八年三月的一天，一匹羸弱的老马驮着我踏上了荒草剪径的黔西路。尽管比预计的日期晚了好些天，我还是赶到了。这还不值得庆幸吗？当我从万山丛壑中出来，踏上被过往的马队践踏了千百次的通往龙场驿站的大路，我看见一对白鸟正从远处林中掠出,轻灵的鸣叫像是对远方客人的欢迎。历来把诗歌看作烈酒加毒药的我,此时也禁不住想做一个诗人了。莺花夹道惊春老——这一路上我是不是走得太慢了,唉,这一个春天也要老了。

我很快被告知,已经等待了我很久的,是驿站里的二十三匹马,二十三副铺陈,和一个年老的当地小吏……

这就是我来到这个荒凉之地的大致经历。或许我的回忆太过粗疏了些,但那些应该记下的,我想都已经在这里了。世上的事情就是这样玄妙,有些地方,有些人,尽管你们之间相隔关山万重,尽管之前你从来没有留意过,但他们都似乎是命定地要和你发生联系。说实话,在一五〇六年之前,贵州、修文县、龙场驿,对我来说都像另一个星球一样遥远,即便我有着再出众的想象力,也不可能预料到我生命的河道会在这里陡然打转,向着一个陌生的、同时也是更广阔的世界奔流。

六

那些天,可能是中了蛊毒、水土不服之故,我的几个随从都病倒了。倒是我这个老病号成了他们的护理。我跑前跑后,为他们折薪、取水、煮稀粥,还为他们讲笑话,唱家乡的小曲儿解闷。他们很是过意不去。我说,你们跟着我一路西来,吃了那么多苦,在这举目无亲的地方,你们不就是我的亲人、我的兄弟吗?

不久,在当地土著的帮助下,我们搭起了寄身的草庵,还在荒山上垦荒自种。我对稼穑之劳倾注的热情，比之瓦尔登湖边的那个美国人梭罗可能还要更多一份真诚，而少了一份作秀的心情。当我写下"倦枕竹下石，醒望松间月"这样古典美好的句子时，内心里甚至还会有一种不该有的闲适与出尘之想。

尽管如此，隐忍苟活中还是不时有难耐的伤感像雨天的旧伤复发。万里奔波，我怎么可能是来做一个隐士的呢？虽然生命中平凡的物事里也有小小的喜悦与欢愉，但那都是隐忍中的自宽与自慰。莫名的伤痛还是影子一样跟定了我。"游子望乡国，泪下心如摧"，那是西山采蕨的感触。"烟灯暧无寐，忧思坐长往"，那是寒夜枯坐的心情。元宵之夜，雨雪霏霏，遥想江南及帝京的盛景，又是一份愁情："故园今夕是元宵，独向蛮村坐寂寥。"

那些日子，越来越折磨我的一个问题是：圣人处此，更有何道？

事实上，这个颇具道德倾向的问题也是中国历代文人普遍关心的问题，那就是：一个人所能有的最高成就是什么？应该怎么样去取得它？

我日夜冥思，形神俱废，想求得一个真解。混沌无序中，似乎什么都想明白了，一阵风过，又什么也没有了。

到了初夏，我终于做出了一个让人吃惊的决定。我躺进一只石棺，让人盖上棺盖，并嘱咐他们，没有我的许可，千万不要来打扰我。随从以为我终于支持不下去了要自杀，急得大哭。我告诉他们，事情到了这一步，所谓的得失荣辱我还有什么看不开的呢？至于生死，我还没有完全看开，不会这样轻易去死。他们要我承诺，否则不盖石棺。我沉吟了一下，说，好吧，我承诺。

我感到我的生命正从一个切口飞出去。它就像一只白鸟，飞入了包围着它的黑。我把这个生命的切口撕得更大些，却没有一点痛的感觉。那么浓稠的黑，没有边界，也没有一个中心，仿佛世界的永夜。我不知道要往哪儿飞。黑的重量让时间弯曲了。

万物寝息，景象寂寥，这人消物尽的世界是开始还是结束？我感到黑正从那个切口进来，一点点地灌满我的躯体，就像一块海绵吸收着越来越多的水分。当我完全被黑浸透时，会不会就像一块滚石，向着这无底的深渊坠落？在无边的黑暗中出现了一点亮光，那是那只白鸟重又飞临。它落在我的手掌，轻触微温，如同一颗小小的心脏。

时间似乎停滞了，又似乎拉着太阳的八骏日行八万里。当我用力顶起盖子，从石棺里呼跃而起时，才发现是天地静寂的午夜时分。我听见我的一声长啸，久久地盘旋在林子上空，又被山壁反弹回我的耳朵。这声长啸惊飞了山鸟，也把在林子里席地而睡陪着我的人都惊醒了。他们全都围了过来，又笑又跳，全然没有听到我喃喃的低语：误会了，整个儿都误会了。

是的，误会了。以前从外物努力去寻求天理，这种由外及内的路子是整个儿都颠倒了，才会做出对着竹子傻想七天七夜的蠢事来。从今往后，就把这颠倒了的路子再重新颠倒过来吧，不是以眼睛为镜子去照竹子，而是以心为本体，下功夫擦亮心镜。

> 他悟了，他在瞬间把握了永恒，那是因为他没有停止过对怎样做人、怎样判别是非问题的思考，这些思考的积累，终于在某一个夜晚如江河决堤，溢满了他的内心。这一切的到来，或许就因为他身处与文明隔绝的龙场之野。远离王权中心，使他成了一个无所羁绊的政治边缘人；穷荒无书，又使他跳出了旧有的文化屏障。①

那个曾经以矫情的语气摹写我出城时的情状的二十世纪作家的这番话，意在说明龙场的那个传奇性的晚上的出现并非无源之水。伟大的西塞罗教导我们，所谓全部的哲学，就是学死。我想他这样说的意思就是一个人学会了如何面对死亡，才能更好地在尘世间生活。

在这段难忘的经历里，我从生死的边界经过，伸出脑袋对着那个世界张望了一眼，又把头缩了回来。就像并排着两个房间，我没有蓦然踏进另一个房间，是因为我爱着此间的悲欣，此间的繁华与荒芜。

这是不是很像一部落俗老套的成长小说，一个寻宝故事？一

---

① 赵柏田《荒芜赣黔路》，载《随笔》杂志1997年第5期。

个青年四处寻找传说中的圣杯，然后，他终于在恶龙的火焰和地狱的边缘找到了它。

本来，我以为我已经有足够的坚毅去抵挡这世界所有的洪水。我是坚强的，至少到目前为止是这样。可是，可是这个不吉利的秋天又让我对支持着我的信念产生了怀疑。这一切，都是因为那三个突然闯入此间的中原客，因为那张已经埋入地底下的爬满雨水的脸。他明白无误地告诉我，你和我，我们都是脆弱的，一口气，一处创口，都会让你从这个世界上滚蛋。

第二章 至 圣

嘉靖元年（1522）三月

浙江绍兴

不愿意出世的孩子—祖父的竹园—万物微语—母亲的病—运河—我想象我是一个侠客—居庸关长城—一个奇怪的梦—我的婚礼—诸氏—娄一斋先生和他的女儿—父亲的墓地—青年学者钱德洪—讲讲战争的事吧—献俘，或我们每个人都是俘虏

第二章 至圣

一

我曾经是一个不愿意出生的孩子，在母亲肚子里足足待了十四个月才来到这世上。我祖母说，我还在母亲肚子里的时候，有一天晚上她梦见一大片五彩的祥云落在我们家屋顶。于是我一睁开眼睛来到这个世界就有了王云这个名字。我到了五岁还不会开口说话，急坏了我母亲。她断定我是在她肚子里藏得太久，把脑子捂坏了。

这个我出生的江南小城以一条穿城而过的河流为界分成南北两片，那时我们租住在北城龙泉山东北麓一户莫姓人家的一栋两层楼房里。院子很大，在我没出生时，祖父就在被他称作"竹轩"的南园种了好多竹子。我对这世界的第一个记忆，就是竹林被风拂动时发出的下雨一般的沙沙声响，阳光透过竹叶在我的脸上、身上投下一个个漾动的光斑。如果是晚上，风穿过竹竿，蓝布绒一般的天空，缀着的星星特别大、特别明亮，就好像爬上这片竹海就可以摘到似的。我抬头看天，天空像一口井一样平静而渊深。没有风，可是竹竿摇晃得越来越厉害了，这使我相信，一定有一群看不见的仙人正踩着竹梢在天空中跳着舞。

多年以后我还记得祖父握着一卷书在竹林里摇头晃脑诵读的模样。祖父握书的一只手拢在胸前，另一只手背在身后，诵读到得意处，那只手就移到前面来，轻轻地捻动着胸前漂亮的胡须。

我不知道他在念些什么，但我喜欢他迎着风读出一个个句子时那种抑扬顿挫的调子，喜欢他那张被平静和喜悦笼罩着的舒展的脸。

家人一发现我不在了，准能在竹园里找到我。他们不明白这个沉默的孩子大半日猫在竹林子里做什么。我只是喜欢坐在竹园里。我看蚂蚁爬，看各种各样的昆虫飞来又飞去。我听着竹叶沙沙，如同微语。如果下过雨，我会看着竹尖上的一滴雨水，长久地、迟疑地挂着，最终落下来。我的耳朵会分辨出那滴雨划破空气，又砸进松软的地里的钝钝的声响。尽管这竹园是那么的小，它却让我相信，万物都在微语，整个世界都在微语。

五岁之前，祖母和母亲带着我走遍了小城周围方圆数十里大大小小的寺院。她们在菩萨面前磕头，许愿，忏悔前世的罪孽，祈愿我早日学会开口说话。母亲是多么希望她的儿子发出让她欣喜的音节啊。她看着街坊里别人家的孩子奔跑、呼喊，那眼神都是羡慕的。我还被一个个请到家里来的江湖郎中摸骨，搭脉，伸出舌头让他们察看舌苔。这些人大多都是有名无实的骗子。他们一走，母亲就要照着他们开出的方子，让我吃各种苦不堪言的中药。

只有祖父对这一套女人的做法不以为然。我不愿吃药，祖母满院子追赶我。每当这时候，祖父就会叫起来：你看，你看，他听我念书时的眼神是那样活泛，他什么都明白着呢。

一天，一个打扮得奇模怪样的游方和尚在我家门口走来走去。

我们一群孩子好奇地围着他看。这个化外之人摸了摸我的后脑骨后，向我稽首拜了一拜。这个举动把正好出门的母亲搞蒙了。和尚说：此人将杀人无算，终成圣人。母亲急得眼泪都出来了，大师您这不是笑话我们吗，我这孩子都五岁了还不会说话。和尚说，不是不说，是未到时候。母亲催问，您快说，有什么法子让他早日开口？

和尚说，好个孩儿，可惜道破，王云王云，云即说话，这孩子的名字没取好，给他改个名吧。

祖母把和尚的话说与祖父听。祖父说，这个云又不是和尚说的那个意思，你也知道，是媳妇分娩的前夜你梦见一朵祥云落到我们家，才取的这名字。但宁信其有不信其无，他还是为我改名守仁。

据说我开口说话的确是在那个游方和尚来过我们家后。我不知道这两件事之间有没有因果。要说没因果，世间万物都是因，也都是果，京城的蝴蝶拍拍翅膀，我们这个南方的小县城都会下一场大雨呢。但我还是情愿把这看作是一种巧合，而不是上天注定的安排。直到十六岁那年，我在京城，一个老道士给我说了另一番话，我才为可以看得见的一个人未来的生活面貌悚然心惊起来。

那时，距我父亲考中状元已经过去好多年了，我随做了京官的父亲到了京城，因为祖父和父亲都认为京城的教育环境要比小地方好得多。那天,我和几个同学在长安街上走,一个道士追了上来,非要给我看相。他说他相人无数,我这种相貌可谓至为难得。我记住了他的这番话:

当你的胡子长到衣服领子上时,你就入了圣境;胡子长到心口窝时,你就结圣胎了;胡子长到肚脐时,你就圣果圆满了。

可是我的胡子才唇上乌软的一小绺,要到他说的长到衣服领子上和心口窝该是什么时候呢?我问他什么是圣果圆满,圣果圆满是不是就是死了。

道士说,是,也不是。

我说,那我宁愿不要成圣人,我只要活着。活着,多好啊。

我的家族遗传给我一双细长的双眼和成年后异常飘逸的一把长须。我从祖父那里继承了落拓不羁的天性和敏捷的才智,并从他那里接受了最初的文学熏陶。我的祖父王天叙[①]虽然没有中过什么功名,到死都只是个乡村塾师,但这并不妨碍他以民间精英的身份快乐而逍遥地生活在这个世界上。越到晚年,他变得越没有脾气,与人交往亲切而蔼然,但他的随和里隐藏着的偶尔一现的刚毅,总让人觉得,他的尊严是不可冒犯的。

---

① 王天叙,号竹轩,有《竹轩稿》《江湖杂稿》行于世。

打小喜欢上蹿下跳、性情活泼好动的我,多亏了祖父开放式的教育,天性才没有受到压抑和斫伤。但他们不会想到,这一纵容的后果是发展了我尚武的倾向。

我十岁前的很大一部分记忆,是祖父和他的弟子们在一起。这是他干了一辈子的工作,然而他似乎总能从中找到乐趣。

我还记得童年时夏天的那些晚上,月亮很大、很白,一家人围坐在一起吃过了晚饭,祖父的弟子们就陆续来了。祖父像举行重大的仪式一样先恭恭敬敬地点上一支香,当熏笼里细细袅袅的一缕香烟开始飘散,祖父的琴声就响了。弹完了琴,他就对着墙壁或者那些崇拜地望着他的弟子们大声朗诵自己新写的诗歌,然后让他们一起来唱和。这种在二十世纪被人称作情境教育的授课方式对我后来的讲学生涯起到了重要的影响。

我的母亲郑氏是一个多病且严厉的妇人。记忆中她脸上的笑容像冬日的阳光一样稀有,这使她虽然年岁不大却挂上了一脸不该有的苦相。或许因为我是长子,她认为这样的严厉非常必要。她对我的冷落和对弟妹们的放任溺爱让我委屈,更让我懂得了要处逆心顺,调整好心态。

我十岁那年,一心苦读的父亲考中了状元,去京师就任翰林院修撰一职,不久也把我带到了北京。

以我自己的意愿,是不愿离开南方去遥远的京城的。父亲到京城是去实现他的人生目标,而我早早地结束快乐无忧的童年生活去京城，还不是去演出他为我写好的人生剧本！可是有谁会在乎一个十岁孩子的想法呢？再说祖父也巴不得早一日进京，接受他的状元儿子的供养。于是我开始了平生第一次远游。渡过了家门口的曹娥江和钱塘江，然后又过长江。在运河上，我看见一只一只连在一起的大木船排着队北上，祖父告诉我，这就是帝国的漕运，船里装的都是南方的大米，运河就像血管一样，把这些给养送到帝国的心脏。

随着北方的荒凉景色扑面而来，我美好的童年时代就像一株水芹一样被咔嚓一声剪断了。从此以后直到二十几岁，我的精神世界的一大部分就受着父亲的直接控制。他想尽办法创造一个像巨茧一般的世界，试图让我长久地居住在里面。

在我看来，他代表了一种权力压抑、理性主义、洁身自好的生活观的奇妙混合。一开始，我按他的设计按部就班地在演这出戏，不敢稍有逾矩。但到后来我越来越无法忍受，离他一厢情愿的设计也越来越远。最后正如你们所知道的，我干脆撇开了他这个设计好的人生剧本，自己重写了一部。这两出戏里的两条路，到底哪个更好些呢？

没多久，塾师跑来向父亲告状，说我不肯用心读书，总是偷偷跑出去疯闹，带着一群孩子玩布阵打仗的游戏。一天，我正举着一面自制的令旗对着我的将士们挥来挥去，左旋右旋，被父亲看到了。他生气地叫了起来，我们家历来是书香门第，你这舞刀弄枪的算什么!

我不知哪来的勇气，反问他，读书有什么用呢？父亲说，读书就可以做大官，比如我，不读书，难道这状元是从天上掉下来的吗？我问他，你中了状元，子子孙孙还会是状元吗？父亲说，状元当然是不能世袭的，只能到我这一代，你如果也想中，从今天开始就要好好读书。听到这里我笑了起来，原来只有一代啊，那也没什么稀罕的。听了这话，父亲大怒，扑过来，颤抖的手掌在空中举了好半天，最终还是没有落下来。

我讨厌北京的这个家。这是意气风发的翰林院王编修的家，不是我的家。我想念多雨的南方，想念老家的竹园和姚江水的腥甜湿润的气息。

我向往着做一个英雄，秘密地在京城四周寻找当年旧战场的遗迹。我想象我是一个侠客，踏雪无痕，飞檐走壁，千里不留行。我想让自己长生不死。我有别人不知道的梦想。我经常让人头痛。我好高骛远，经常仰视天空，却又总是避不开脚下的一个矮凳而摔得鼻青脸肿。这就是十三岁那年的我。[1]

这一期间我做出的一件壮举是一个人跑到了京城北面的长城，

---

[1] 关于王阳明的早年生活，钱穆有这样一段论述："阳明是一个多方面有趣味的人，在他的内心，充满着一种不可言喻的热烈的追求，一毫不放松地往前赶着。他的内心深处有一种不可抑遏的自我扩展的理想憧憬，隐隐地驱策他奋发努力。他似乎是精力过剩，而一时没找到发泄的出路。他一方面极执着，一方面又极跳动，遂以形成他早年期的生活。"（钱穆《王守仁》，百科小丛书，商务印书馆1933年版。）

登上了居庸关。我站在京城北向之咽喉的烽火台上看着飞翔在湛蓝天空的雁阵,强烈的阳光刺激得两眼不由自主地蓄满了泪水。谁也不知道这眼泪是为什么而流,就像没人知道一个少年的梦想。自下关而上关,远远地俯视京城,我伸出一只手掌就可以覆盖住它。这真的让我感到心事浩茫起来。

我骑着一匹小马逶迤而上。在一条狭隘的山道上,当几个鞑靼人骑着马迎面过来,我就像把风车当作魔鬼的堂吉诃德一样拍马向他们冲去。鞑靼人看着我哈哈大笑,他们还以为对面这个小屁孩儿控制不了疯跑的马呢。在他们放肆的笑声中,我勒住了马,对着他们放声大骂,可是他们没有一个人听懂我骂了些什么。

从居庸关回来后的一个晚上,我做了一个奇怪的梦。我梦见了西汉时征讨交趾苗乱的一代名将马援。将军坐在马上,大风吹动他的战袍猎猎作响,在他的背后,飘扬的战旗和喧动的人马如山如河。梦中的我还去参拜了为纪念他而建造的伏波将军庙。当我告诉父亲这个奇怪的梦并流露出想在这个梦想指引下走另一条人生道路的想法时,遭到了预料之中的父亲的嘲笑。他像感冒塞住了鼻子一样闷闷地哼了几哼,说,可笑,真是可笑之至。

这样到了一四八八年春天。有一天,父亲对我说,十六岁见官打屁股,你今年十七了,也老大不小了,应该成个家了。他让我去江西南昌迎娶我未来的妻子,他的朋友诸介庵的女儿。我才知道在这个世界上我已经有一个未婚妻了,尽管我与她素未谋面,也不知道她长什么模样,但她命定要和我生活在一起。

于是我便到了南昌,去见了我的官居江西布政司参议的岳父。可是到了大婚的前一日,我才见到即将成为我妻子的诸氏。说是见到,其实也只是隔了一大片人头远远地望了一眼,连模样也没有看个分明。她好像也知道我在看她,忽闪着眼睛低下头去。尽管是仓促的一眼,已足以使"妻子"两个字从一团虚无的气流中幻化出来,并成为一个具象的人形。这已经是破例了,在我们的时代,多少青年男女在上床前的几分钟才第一眼知道对方长的是一张什么样的脸。

我像一个木偶一样在婚礼上被人牵来牵去。我看着周围一张张喜气洋洋的脸,可那喜气都是与我不相干的。我看着眼前这个已经成为我妻子的蒙着红盖头的女人,心里却浮上一种陌生而奇怪的茫然的情绪。渐渐地,这种情绪转换为一种对即将展开的婚姻生活、对不可知的来日的恐惧。我就像一个游魂一样,自己也不知道什么时候离开了热闹的人群,来到了城外一个叫铁柱宫的道观。

在以后我的学生为我写的传记中,我被描述成一个新婚之夜也不肯放弃学习的有志青年,与道士趺坐一榻,彻夜探讨摄生之道而不知东方之既白。他们不知道——或者知道了也避免说出——我是因为恐惧……

是的,恐惧,对即将到来的新生活的茫然无措让我做出了连自己也没有想到的事情。那天晚上我的离奇失踪肯定让岳父一家子都不得安宁，并让他老人家在宾客面前颜面扫地。他之所以没有发作，想来也只是碍于我的父亲是他最亲密的朋友，并且是一个前途无量的状元。甚至也可能早有人在暗底下猜测，新郎对男女之事如此淡漠是不是因为他的身体有某种难以启齿的病症，或者就是一个性无能者。

那天清晨，当惺忪着睡眼的我被他们从铁柱宫找回时，我才知道一整个晚上诸府上下都没有睡觉。因为担心我这个新郎已遭土匪绑架，他们甚至已经通知了当地驻军。这个清晨，面对着同样一夜无眠的诸氏脸上的两行泪痕，我不由深深谴责起了自己的自私，并暗暗发誓要一辈子都对她好。几天后，客人散去，我在洞房里又为她单独举行了一次婚礼，一个天地阴阳交合的秘密的婚礼。像所有无师自通的男人一样，我在快乐夹杂着痛楚的巅峰完成了生命的一次洗礼。

看来是我的赌咒发誓起了作用，我最初的婚姻生活和谐而美满。到了第二年冬天，岳父终于同意我们小夫妻俩返回家乡。年前来南昌，我还是孤身一人，现在却是携妇返乡。听着船头激起的哗哗的水声，我的心里贮满了一种新奇的情感。我变得如此地温柔，自己也始料未及，这种温暖的情愫使得进到我眼里的世界也变得崭新。船过上饶，听说著名的理学大师娄一斋就住在这里，我就带着妻子一同去拜访了他。①

据说,长久的静坐已经使娄一斋有了神奇的力量,他的眼睛可以穿透古今,看到常人看不到的东西。二十多年前的英宗天顺七年(1463),娄还是个有为青年的时候,赴京参加会试,到了杭州,却又突然返回。人们问他为什么,他说,倒不是怕落第,而是此行会有灾祸。果然,这一年的会试贡院起了火,烧伤烧死了好多进京的举子。

这一传说使我在未见娄先生时把他想象成像三国时孔明一样潇洒出尘的人物,却没想到他是那样的平易近人。娄先生在他的书房里热情接待了我们,并以自身的求道经验告诉我"圣人必可学而至"这一道理。他挥着手大声说,只要去做,就一定能做到!他激动的样子就好像有无数人在下面听他布道。他豪迈的语气和跳荡的思维处处显示出他的自信,显示出他是一个生活中的浪漫主义者。这让年轻的我感到非常地投缘。

在娄先生家里,我们还见到了他美丽的女儿。她一头乌黑的长发给我们留下了深刻的印象。娄先生以自豪的口气告诉我们,在他的亲手调教下,他这个能诗善画的女儿已经是个远近闻名的才女,她还有一手秘不示人的绝技,能用这长发做笔,蘸了墨在

---

① 《王阳明全集·年谱一》:"是年先生始慕圣学。先生以诸夫人归,舟至广信,谒娄一斋谅,语宋儒格物之学,谓圣人必可学而至,遂深契之。"

宣纸上写漂亮的大字。

多年以后，娄先生的这位宝贝女儿嫁进南昌的宁王府，成了朱宸濠的一名王妃。后来在一五一九年的叛乱中，她投水自尽了。这一灾难性的事件也给她的家门带来了不幸。一斋先生已在几年前去世，他的子侄多被逮捕，门人星散，他这一宗算是完了。

我一直想不明白的是，如果娄先生真的有预知未来的本事，他怎么没有算到这样一个结果呢？

祖父又老了许多。他在京城住了没多久，因为不习惯北方的气候和饮食早就回到南方和祖母做伴去了。母亲已在五年前去世，我这次返乡的吃住安排都是两位老人家带着一个老仆安排的。父亲的意思，是要我带着新妇好好在余姚老家住一阵子，练练八股文，准备参加秋天在省城举行的乡试。我感到高兴的是终于可以不必天天面对王翰林那张严肃的脸了。听着祖父抚琴吟诗，时间好像开始回流。可是这样快乐的日子没过多久，第二年，祖父死了。

只剩下祖母一人的宅院愈显空旷。一榻一椅，总让我们想到祖父的音容笑貌。而婚后生活也很快失去了先前的吸引力。在长久的阅读过后，在一场疲惫不堪的房事之后，我常常默对着天空的一朵浮云，脑子里却空空如也。前面说过，祖父喜欢竹子，"竹轩"里到处都是。我总觉得这一竿竿迎风摆动的绿竹里藏着世界的一个秘密，可当我想说出它时又总是找不到合适的语言。这情形就像陶靖节先生看着天空有鸟飞过时曾经说过的"此中有真意，欲辩已忘言"。在世界浩瀚的海洋上，语言有时真是无力泅渡的。

回到北京，父亲的官署里也有很多竹子。有一次，我和一位姓钱的朋友从早到晚默默地面对着竹子，竭力想透过竹子的形相认识到内在的更为根本的东西，因为伟大的朱熹说过，一草一木皆含至理，一个人只要读足够多的书就会明白这个理。我就像后来的海因里希·伯尔一样相信，"谁有眼睛，去看，他就会看到"。我认为，一个人如果有着良好的视力，就可以穿透表象，直接抵达事物的核心，他的所见，也就不应该只是在光学范围内。

三天后，我的朋友支持不住了，不得不中途退出。七天后，我也出现了幻觉，并伴有间歇性发作的恶心。我大病了一场。如果我内心的镜子还没有擦亮，它怎么可以照见这个世界？看来意志力也不能让我走得更远。二十一岁那年的这场病，向我宣告了从外部去认识这个世界是一条死胡同。①

---

① 在门下弟子记述的《传习录》中，阳明这般自述格竹子的经过："众人只说格物要依晦翁，何曾把他的说去用？我着实曾用来。初年与钱友同论做圣贤，要格天下之物，如今安得这等大的力量？因指亭前竹子，令去格看。钱子早夜去穷格竹子的道理，竭其心思，至于三日，便致劳神成疾。当初说他这是精力不足，某因自去穷格。早夜不得其理，到七日，亦以劳思致疾。遂相与叹圣贤是做不得的，无他大力量去格物了。及在夷中三年，颇见得此意思，乃知天下之物本无可格者。其格物之功，只在身心上做，决然以圣人为人人可到，便自有担当了。这里意思，却要说与诸公知道。"

二

昨天,我又去了父亲的墓地。他在梦中告诉我他冷,他还说两脚都泡在了水里。到了墓地我才发现,是前些日子的一场春雪融化的水流没有得到及时的疏浚,致使墓基的背阴一面有了渗漏。我和下人们一起清除了淤泥和杂草,又往墓顶培了些新土。做完了这一切,我又在山上陪着父亲坐了一会儿。

我看着山下的这座城。三月干冷的北风刺得我眼里发酸。我奇怪我的心情是如此平静,对父丧几乎没有一丝的悲伤。我是什么时候起变得如此地冷酷与……绝情?十三岁那年,我在京城闻听母亲的死讯时曾是多么的悲伤与绝望。死亡在距我一千多公里的地方发生,但因为它是落在我的亲人身上,所以它也是发生在我心里,母亲的死让我第一次体会到生与死之间不过是薄薄的一张纸,发现对这一点我是那么的恐惧。

如今,亲人的死再也不会让我有如此沉痛的悲哀了。在现在的我看来,死与生,都是生活的馈赠,它是一件必然要到来的事物,就像一个终究要来的朋友。我甚至开始慢慢地相信,它还是一种解脱,一个让你得大自在的契机。

父亲是在上个月的一场寒潮袭来的时候去世的。在这之前,他已经在老家无聊而又寂寞地度过了十余年退休官员的生活。多年以前,他仿效祖父爱竹之高节、为自己取号竹轩公的做法,为自己取了个海日翁的号（因我们老家在城中龙泉山脚下，也有人称他龙山公）。少年得志的父亲希望自己的前程能像日出东海一般灿烂，随着年华逝去，他不无悲哀地发现他这轮太阳要不了多久就要日沉西海了。

去年九月，我忙完江西的军务，向新皇帝请假回老家祭扫先祖陵墓时，从父亲的言语和气色发现他将不久于人世。在这个世界上，亲人们已一个接一个地离开了我，不能将他们生养死葬让我一想起来就心痛不已。

那次回余姚老家，经不住钱德洪一班人的说项，我在城内龙泉寺的中天阁举行了几场讲会。同时还为书院立了一个制度，那就是每月以朔（初一）、望（十五）、二十三为期，聚会讲论。还写了一个学规《中天阁勉诸生》[1]亲书于壁上，告诫他们不要一曝十寒，要坚持月月讲、日日讲。

在城东穴湖祖父的坟上大哭一场后回到城里，我又去看了埋有我的胞衣的老宅，竹叶萧然，故院依旧，想到早逝的母亲和我未及送葬的祖母，此情此景又让我眼里泛潮。面对生命的烛火行将熄灭的父亲，那时我已经暗暗决定陪他走完人生的最后几步。

堪可安慰他的是，在他死之前的最后两个月，为了表彰我在

---

[1]《中天阁勉诸生序》："虽有天下易生之物，一日暴之，十日寒之，未有能生者也。承诸君之不鄙，每予来归，咸集于此，以问学为事，甚盛意也。然不能旬日之留，而旬日之间，又不过三四会。一别之后，辄复离群索居，不相见者动经年岁。然则岂惟十日之寒而已乎？"

平定宁王叛乱中的功绩，刚继位的嘉靖皇帝晋封我为新建伯，还加封了光禄大夫、柱国等荣誉官衔，岁支禄米一千石，三代并妻一体追封。这一消息如同一剂强劲的补药，让病恹恹的父亲陡地精神焕发，他从床上跳起来，布置迎接官差的种种细节，并向前来造访道贺的故旧亲友们一次次地讲述我在江西战场上的英雄业绩。

为了让一生向往鉴湖山水的父亲能够在生前实现迁居府城的梦想，我在绍兴城内的光相坊购置了一块地，决定在那儿建造我的伯府第。一批优秀的园林设计师和江南最好的工匠在那儿日以继夜地赶造着新府第，可是，日薄西山的父亲终于没能熬到搬进新居的那一天。

作为对父亲生前意愿的补偿，我把他安葬在了绍兴城南离兰亭不远的洪溪。多年以前他就看中了这块地。此地山明水秀，宁静得如同一个世外桃源。多年以后我还在想，父亲执意不在百年之后躺在祖父母的身侧，而要与治水的英雄大禹为邻，是不是与他生前在政治上过分的压抑有关。他终于在死后实现长居鉴湖的梦想了。

按照帝国官场的不成文规矩，我将要在这里为他丁忧守制三年，然后视实际情形起复原职或有所升迁。孟子说，年四十不动心。我已经五十有二了，人到了这个年纪，如同一根火柴燃烧了一大半，在继续燃烧还是熄灭的犹豫中，我感到无限的疲倦像铅一样灌满了全身。三年后的事又有谁能知道呢？按我的内心意愿，在此青山绿水间做个村夫野老，惯看春风秋月，倒也不是一桩坏事。

我当然不至于像布拉格那个犹太商人的儿子一样把父亲看作地狱，并写下一封长信，告诉他，我憎恨您，我确实憎恨您。我十岁那年来到京师，并在他的严厉监护下接受百行孝为先的传统教育。一般说来，这种教育同时还夹杂着塾师的戒尺和家长的棍棒。父亲坚持认为，这样的教育对我本人、对我们的国家都是很有必要的。我即便对他不满，也是秘密的，隐忍不发的。特别是在我十三岁那年公开宣称读书无用论被他狠狠地剋了一顿之后，这种反抗情绪就只能如地火一般潜行于日常生活的表层之下。

即便如此，父亲看着我的眼神也总是充满了狐疑和不信任。他像看管一个犯人一样敦促我每日的功课，在他为我制定的作息表上，除了睡眠和用餐，其他时间里我都是一架背诵和炮制八股文的机器。他担心的是我脑子里总有那么多的奇思异想。他担心那些奇思异想总有一天会把他的儿子引上邪路。他天真地以为只要把我的时间像蛋糕一样一块一块切好，那些妖魔就不会闯进我的大脑。

二十一岁那年在家乡中举，我得以跻身上流社会的最末一个阶层，这一资本使我在面对父亲严厉的眼神时感到腰板似乎挺直一些了。但谁让我的父亲是状元呢，我这点毫末之光在他的眼里简直是不堪一顾。再加上中举之后连续两届京城会试我都名落孙山，这使我面对这个状元父亲时真是自惭形秽。尽管我在外面说大话，说"风物长宜放眼量"，落第又算得了什么呢，但我的一点可怜的自尊心在他面前怕真的要消磨殆尽了。

最不堪的是他那些朋友还要真真假假地开我玩笑。他的一个叫李西涯的朋友奚落我说，你今年考不上没关系，下一次肯定要中个状元了，你还是赶紧提前写一篇状元赋吧。在这样的时刻，我知道父亲的心情比我更为糟糕。

一直到我中了进士，并留在京城刑部工作，父亲对我的脸色才稍有缓解。但长年父权的高压已在我和他之间产生了无形的阴影。我一直无法轻松地面对他，他似乎也不习惯以一种平等的眼光来重新安排我们彼此的位置。我开始刻意回避他，以部里工作繁重为由尽量减少在家的时间。很多时候，我们就像一对路人，像两个不得不同居一室的房客，即使有交谈，也是简短而客气。

正德元年（1506）那场命定的牢狱之灾结束了我们之间的僵持状态。当我出狱后从弟妹们口里知道他曾经那么牵念狱中的我，并常常梦中惊起，呼喊我的小名，坐在书房里默默垂泪，我感到一股难舍的亲情像初春解冻的河水一样泛滥开来。

流放途中，我乘坐的商船侥幸没有在大风中覆灭，从福建上岸后我秘密折回南京看望了他。那时我才知道他是因为拒绝刘瑾的拉拢才被弄出京城，到南京当这个闲官。我为断送了父亲的政治前程心感内疚，但他对我没有半句的埋怨。他还以一种乐观的语气向我预言，刘瑾的末日不会太远了。

我平生第一次面对面地和父亲坐着。那两把相对放着的椅子，给了我一种平等的感觉。我意识到，在父亲的眼里，我已经真正迈入成年人的阶段了。看着他日渐憔悴的脸色，我忽地想到了一句话：多年父子成兄弟。经历了劫难之后的父子，在这短暂的宁静中心平气和地坐在一起，交流各自对政治和学术的看法，我真的颇为大不敬地想到，他多像是我的一位兄长。

就从那时起，我对他曾有过的所有的不满和愤懑都已冰释了。或者说，我已经理解并原谅了他对我施加的父权的黑暗与重压。我原谅了他的斥骂，原谅了他那地主对长工一般的严厉。我甚至原谅了他在母亲死后不久又娶一个新妇，并带到京城的行为——曾经，他的这一被我视作无情的举动在我幼小的心灵里划下了深深的划痕。

那个姓赵的女人，我的后母，她对我的虐待换来的小小的报复，是我把一只长尾巴的黑色怪鸟放进了她的被窝……我甚至敢于同父亲开一些无伤大雅的玩笑了。我提到一件在家乡久为流传的事，说他六岁那年在河边捡到了一袋金币后一直等着失主前来。我问他这件事是不是真的。父亲笑笑，说，你以为金币有那么好捡吗？深知流言在这个时代的力量的我们不约而同地大笑起来。

卓有远见的父亲早就预料到将会发生一场叛乱。他在邻县上虞买了几间房，以作将来逃难时用。当江西叛乱的消息传来时，家人担心宁王派人来捣乱,劝父亲出去避避风头。父亲说,要是我年轻几岁,早就和儿子一起上阵杀敌去了,现在我们就准备保卫我们的家园吧。

不久,一个虚假的消息说我已在江西为国捐躯,有人劝父亲逃命要紧。父亲说,我买那几间房是为老母做准备的,现在老母已经不在,儿子若有什么不测,我又怎能逃乎天地之间!这就是我坚强刚毅的父亲!

在我的努力下,江西全境终于得以肃清,不久就发生了正德皇帝南巡的事。被群小包围的皇帝对我起了猜疑之心。当时危疑汹汹,旦夕不可测,更有一帮当地小人跑来我家作乱,登记财产牲畜,搞得就像即将要抄家似的。家人都惊恐万分,多亏父亲的镇定才使全家有了主心骨。他告诫家人要慎言语慎出入,并要相信时间终会做出公正的评判。

帝国朝廷敕封我的诏命迟迟送达的那天,正逢父亲七十七岁的生日。

这一天上门前来贺喜的亲朋好友络绎不绝,我也忙得不可开交。热闹场中,我却发现唯有做了寿翁的父亲闷闷不乐。我问他是不是身体有什么不舒服。父亲说,我要给你泼点冷水了。我说我有什么地方做得不对,父亲尽管说。父亲说,现在我身上穿着皇帝亲赐的蟒服玉带,人人都说这是人生至荣,但一到晚上,解衣就寝,依旧是一身穷骨头,哪有增添什么,所以啊,荣辱原不在人，只是人常常会迷失在荣辱中。

他问我今天这事祸兮福兮。我说，当然是喜事。父亲却说出了他的担心：当初你在南昌领兵打仗的时候，人家都以为你死了你却没有死，人家都以为你平不了叛乱你却平了。那两年祸机四伏，我们都走过来了，现在我们父子相见一堂，这当然是天大的喜事。但你要知道，兴盛是衰落的开始，幸福里包藏着祸胎，当你们都感到这是巨大的荣耀的时候，我却有着隐隐的不安。

被巨大的喜悦冲昏了头的我当时还暗暗讥笑父亲成了惊弓之鸟，现在想来，这祸福相依、盈虚变化的一番话里正包含着天地间的一个理，这个理，因为来自父亲的亲身体察而显得弥足珍贵，它时时提醒我凡事都要心存敬畏。

一切终将消逝！年轻的一天天变老，活着的一个个死去，死去的亲人一天天远离我们。尽管我知道流转是生的本相，但回首往事，那一次次的死生之戚、险夷之变、聚散之情，可悲可愕、可扼腕而流涕者，何可胜道？父亲啊，世事真是如此的悲戚吗？

三

三月干燥的大风跑过屋顶，风中扬起的沙粒在头顶的屋瓦上滚过，如同一群小鸟的喙击。它们带来了童年时我在庭院里仰望一小块湛蓝的天空的回忆，流放途中在荒凉的路边客栈忍着蚊蚋的叮咬等待天明的回忆,还有在京城郊外的山地上策马奔跑的回忆……

这些回忆的碎片如同一场泥石流,迅速填满了父亲去世后的一大片空白日子,并使我终于有了机会去重新审视父子、君臣、师生等各种各样的我与这个世界的关系。

按帝国官制,官员在亲人亡故后都要在家丁忧三年,这种强制性的休假相当于政治上的间歇性休克,它对那些处于上升期或执掌权柄的官员来说就是一记闷棍,于是他们找出各种各样的理由要求夺情留任。但帝国庞大的官僚机器缺少了谁还不是照样运转,那些铤而走险的人除了背个道德堕落的恶名,接受纪检监察部门一次次的审查,又得到了什么呢?还不如我这个天生的政治边缘人趁这大块的自由时间好好梳理一下因为繁忙的政务而荒芜日久的心田,落得个清心自在。

去年秋天我到余姚时,一个年轻人跑来见我,见面后的第一句话就是:我就出生在你出生的那幢楼里。我一下就喜欢上了这个叫钱德洪的年轻人。①那时他已经是小城里有一定声誉的青年学

---

① 钱德洪曾在《瑞云楼记》中写道:"瑞云楼者,吾师阳明先生降辰之地也。楼居余姚龙山之北麓,海日公微时尝僦诸莫氏以居……及先生贵,乡人指其楼曰瑞云楼。他日,公既得第,先子复僦诸莫氏居焉。弘治丙辰,某亦生于此楼,及某登进士,楼遂属诸先子。"见《光绪余姚县志·古迹》卷十四,光绪二十五年(1899)刻本。记中所说"公既得第",当指王阳明于弘治五年(1492)二十一岁那年中举一事。王阳明中举之后,瑞云楼即被退还给原主人莫氏,后由莫氏再出租给钱氏,所以"弘治丙辰"(弘治九年,即1496年),钱德洪亦出生于瑞云楼。

者了。他这样对我说,这一巧合让他相信,在我们之间一定存在着某种可以说是注定了的因缘。多年以来他一直在家乡默默地关注着我天南地北的行踪,并希望着有朝一日能够列入我的门墙,亲聆我的教诲。

当钱德洪带着一批和他同样好学的年轻人要求集体拜我为师时,还发生过一个小小的波折——家乡的一些老人还记得我小时候的淘气事,他们阻止钱这么做。

一开春我就忙碌起来。得知我休长假的消息,一大批以前的学生和前来与我讨论学问的同志就从江左江右相约赶来。他们操着各地不同的方言,在城内拥来挤去,其人头攒动的盛况只有市集和香会时才可比拟。城内客栈的床位有限,他们把大大小小的寺院都住满了。距离我家近一些的天妃寺和光相寺,更是数十人挤在一个屋子里,到了晚上睡不下,他们就轮换着躺一会儿。更有一些人不得不住到了城郊的南镇、禹穴、阳明洞一带。他们虚心好学的精神常常让我想到年轻时的自己。

看来时代并不如我们所想象的那样只有一个表情,它就像一面硬币,豪奢浮华的背面,是许多个世代以来绵延不绝的对知识的尊崇和向往。因为人太多了,每次开讲我只好上大课,前后左右环坐而听者,常常数百人。遇到好天气好心情,我还带着一些亲近的学生出去宴游,随时随地指点良知。

但是来听讲的人实在太多了,有一些来了好久,临到要送别了,我还记不住他们的名字。我只好这样安慰他们:尽管分别了,你们还是不会走出我的视野,因为我们还在同一个世界里。只要你们和我有着相同的志向,彼此记不记得面貌又有多大的关系呢?

给我们讲讲战争的事吧。我刚回到家乡时,在不同的时间和场合,总有一些人这样向我要求。他们还拿着各种各样荒诞不经的传说来我这里印证,希望得到一个满意的解答。

生活在和平年代的人,总喜欢咀嚼离乱急难中的人和事以作庸常生活中的谈资,这也是人之常情。可是,关于那场已经平息多年的叛乱,关于我在靖乱中建立的军功和随之遭受的毫无道理的猜忌和耻辱,我真的已经不想再去触动。

南昌之役后,我失去了跟随我多年的心爱学生冀元亨①。他是我派到宁王府以讲学的名义去刺探情报的。没想到日后被一群宵小之徒诬蔑为通匪,在刑部的大狱里吃尽了苦头。在以后的日子里,为了洗刷掉冀元亨蒙受的不白之冤和我背着的莫须有黑锅,我动用各种关系,通过各种渠道,进行了坚持不懈的努力。冀元亨终于可以无罪开释了,他的身体却早已被折磨得不成样子,出狱后五日就死了。

我总觉得对不起他,对不起他的妻儿。如果时光可以倒流,

---

① 冀元亨(1482—1521),字惟乾,湖广常德府武陵县(今湖南省常德市)人,举乡试,其学以务实不欺为尚,而谨于一念。

不管当初他如何坚持要去南昌，我是坚决不会让他去冒险的。

据说冀元亨下狱后，皂隶去抄他的家，他的妻子李氏和两个女儿一点惧色也没有。李氏说，我丈夫平生尊师乐善，怎么会做出通匪这样的事来？他们要她出狱，李氏说，你们不把我丈夫还给我，我回去做什么？她一个妇道人家后来能够进入挤满大人物、大事件的《明史》，凭的不正是节烈和坚贞吗？"吾夫之学，不出闺门衽席间"，她这句话，曾经让多少人心生惭愧啊。

一五一九年南昌的那场动乱，相信很多人早就看出了征兆。但他们就是不说。或许本朝历史上那场著名的宫廷之变还让他们记忆犹新。眼下这场即将爆发的皇室之乱鹿死谁手还没个定数，而所谓的历史又从来是强者王败者寇的，焉知宁王不会是又一个朱棣？

封地在江西南昌的宁王朱宸濠，是太祖皇帝第十七子朱权的玄孙，算起来皇帝还是他的子侄辈。眼看今上无嗣，他早就私蓄兵马，暗暗经营，想要拿自己的身家性命来做一场豪赌，重演革除年间故事。朱宸濠以过生日举行酒宴为名，向南昌城内的大小官员广发请帖，几乎没有一个人敢说不去。当官员们发现这是一场包藏祸心的鸿门宴时，全副武装的士兵已把他们团团围住。

朱宸濠指斥北京城里那个端坐龙庭的叫朱厚照的家伙其实并无皇家血统，而是当年误抱的一个来自民间的孩子。他诡称，已接到太后起兵征讨的诏令，并胁迫所有参加酒宴的官员服从。巡抚孙燧、按察副使许逵当场发难，拒绝在反状上签名，朱宸濠为了震慑众人，立即把他们杀了。

现在，这些历来太过聪明的文官们终于尝到了苦酒，他们不得不在刀剑下做出一个选择。而选择的余地几乎是没有的，除非他愿意拿自己的性命开玩笑。庭阶上未干的反抗者的血迹让他们不得不在反状上颤抖着手写下自己的名字。

得知这一消息时，我正在从赣南前往福州的途中。我去福州是去调查一桩未遂的兵乱事件，更是为了能有个由头不去南昌，因为我早就预感到这里已经成了一个阴谋之城。

一切就像十四年前在钱塘江边那场危险经历的翻版，我脱掉官服，潜入渔船，躲开宁王派来追捕的人马，星夜往吉安府赶。我的夫人诸氏带着嗣子正宪随我在军中，正当我犹豫要不要去平叛之际，一向温静如玉的夫人突然说出了一番让我吃惊的话，她拿着一把剑对我大喊：你快去呀，不要为我们母子担忧！如果有什么危险，我们会照顾好自己的！

那一夜南风很急，船几乎没法前进，我在舱中暗暗祈求上天，如果上天垂怜苍生，准许我以绵薄之力去阻止这件事，那就刮北风吧。本来我可以掉头南去，不管这件事，因为朝廷已经明确下达给我调防福建的任务，并没有让我来对付宁王。但出于忠诚我还是火速向皇帝报告了此间发生的变故，并按捺不住激愤地对他说，您在位十四年，屡经变难，民心骚动，还巡游不已，当今想夺权的岂止一个宁王！"伏望皇上痛自克责，易辙改弦。罢出奸谀，以回天下豪杰之心；绝迹巡游，以杜天下奸雄之望。则太平尚有可图，群臣不胜幸甚。"

信使一走，我就后悔了。看来我再吃几遍流放的苦头还是改不了这多言的毛病。然而出乎我意料的是，几天后，内阁和外廷的大臣们在左顺门召开的御前紧急会议上商讨对策时，那帮大人先生们居然好半天无人言语，没人敢给王爷的举动定性。可能他们还在固执地认为，这是皇室内部的矛盾，是家事，臣子既不必也不宜过度关心。最后还是兵部尚书王琼打破冷场，鲜明地表明他的态度：这是一起意在颠覆帝国的重大的恶性反叛事件。

几年来，在帝国庞大的机床上，我就像一把扳手或者螺丝刀一样被移来移去。这里的螺帽松了去拧拧紧，那边的轴承快磨断了去上点油。自从三年前的九月我在王琼的特别推荐下出任都察院右佥都御史一职，巡抚江西南安、赣州，福建汀州、漳州，广东南雄、韶州、惠州、潮州各府及湖广郴州等地，急于报效朝廷的冲动总是让我惊惶感动又不知所措。在崎岖的官场小道上缓慢而憋气的升迁实在是把我闷坏了。

接下来的几年，我也真的做得像一把让主人称手的好工具，在江西省南部和福建省、广东省北部的山地间接连铲平了好几处让人一想起来就头痛不已的兵乱和民乱。现在，南昌这桩棘手的活儿又落到了我的头上。出于对尚书王琼知遇之恩的报偿，更是为了这个多病的帝国,我只有当仁不让,硬着头皮接受了这个任务。

用后来王琼的话来说,当初派我去福建戡定兵乱是虚,因为光是那点小事没有必要劳动我这样的大才,而在南昌叛乱时一举拿下宁王才是他的真正意图。当然,这只是他事后的聪明话,为的是显出他的棋高一着。而当时实际的情形是,他也只能拿我这个过河卒子去碰碰运气了。

就在此时我得到了祖母病危的消息,我请求先回家省亲,这一回圣旨倒是来得很快:"着督兵讨贼兼巡抚江西地方,所奏省亲事情,待贼平之日来说。"

我一生中最为紧张忙乱的一个月就这样开始了。二十多年前,我这个热爱兵法的业余边疆问题研究者,苦于报国无门,只好在餐桌上用果核布阵来打发无聊,现在朝廷终于给了我一个机会,让我来报效了。

可是各处的勤王部队不可能这么快抵达,江西省的行政系统又已瘫痪,我只得从赣南所属的各府县调集驻军,并在吉安知府的帮助下招募人马,这样总算有了两万余名士兵,有好多还是从未打过仗的当地农民。这个数字,与宁王麾下的十八万兵马比起来可差得太多了。但也顾不得那么多了,我带着这两万多人火速开到了临江府的樟树镇。我对下僚们说:朱宸濠如果出上策,带着这十八万兵马直捣京师,那国家就危险了;如果他出中策杀向南京，那大江南北就要被他糟蹋；如果他出下策，盘踞在南昌老巢，事情就好办多了。

蓄谋多年的朱宸濠当然不至于蠢到老老实实待在南昌按兵不动。他的意图是沿长江直下龙盘虎踞的南京，而后划江而治，再图中原。作为一个亲王，他当然不会不知道本朝开国之初一个儒生给太祖皇帝的建议：金陵，古帝王之都，龙盘虎踞，限以长江之险。若取而有之，据其形胜出兵，以临四方，则何向不克？

第一步我先耍了个花招，派出各路哨军散布攻打南昌的流言，拖延他出兵东进的时间。当宁王发现上了一个小小的当时，他已浪费了宝贵的半个月时间。以后他会发现，正是这个小当把他送进了死胡同。醒悟过来的宁王亲率主力东进，穿过鄱阳湖，包围了安庆。当有人建议我领兵去解安庆之围时，我援引战国时的围魏救赵之策告诉他们，现在的南昌几乎成了一座空城，我们现在去攻打南昌，朱宸濠必定回救，这样安庆之围自解，我军又可以逸待劳，打他个措手不及。

战事果然朝着我预料的方向发展。一番苦战，我军拿下南昌，接着又下南康、九江两城，让叛军失去了根基。现在大战在即，我的内心倒平静了下来，也有了心情在军务之暇与一直跟着我的几个学生讨论学术问题。回援的宁王部队与我军在赣江东岸的黄家渡相遇，激战一场后，宁王败退樵舍。这时他做出了一个愚蠢的决定，把战船用铁索相连，构成一座水上方阵来与我军抗衡。

我便像三国时的周郎火烧曹阿瞒一样，用火攻把他给一锅烧了。

被士兵押过来的王爷满脸烟灰，就像一条快要被烤焦了的鱼。他见了我的第一句话是，谁坐天下那是我老朱家的家事，你姓王的又何必如此费心！但接下来他又可怜巴巴地乞求说，他现在什么都不想要了，只想做一个普通庶民，平平安安地度过余生。我对他说，有国法在。

王爷的脸上流露出了痛苦夹杂着后悔的神色：我悔不听娄妃的劝，才落得今天的下场。他说，王先生，我有一个请求，我的娄妃投水死了，请你好好安葬她，她真的是一个好女人。[1]

于是我又见到了那个曾经见过一面的女人，我的老师娄一斋的女儿。她一头乌黑的长发现在湿漉漉地全四散了开来，上面缠绕着一大团一大团的水草。她的面容灿若桃花，抿得紧紧的唇又是那么的苍白。她还是那么的美，十多年过去了，可是时间穿过她却似乎没有留下什么痕迹。士兵们用钩子拉她上来时划破了手臂，伤口上还汩汩地冒着血。这个爱惜自己的容貌和身体的女人，怕死后受到污辱，将身上的衣服全用细密的针脚紧紧地缝着，显见得她早就计划好了用这种方式来终结自己的生命。我命人以王

---

[1] 关于娄妃的投水自尽及厚葬事见《王阳明全集·年谱二》："濠就擒，乘马入，望见远近街衢行伍整肃，笑曰：'此我家事，何劳费心如此！'一见先生，辄托曰：'娄妃，贤妃也。自始事至今，苦谏未纳，适投水死，望遣葬之。'比使往，果得尸，盖周身皆纸绳内结，极易辨。娄为谅女，有家学，故处变能自全。"上海古籍出版社1992年版。

妃的规格将她安葬。

战后的湖面如同落幕后的剧院一样狼藉，满是燃烧的船板、桅杆和衣物，湖面上飘荡着硝烟味与血腥味混合在一起的死亡的气息，此时此刻，即便我不是一个佛教徒，也陡生罪孽深重之感。难道所谓的功勋就建立在无数的骨骸、人头和血腥之上吗？我不由深深喟叹：功勋，这朵摇曳生姿的恶之花，多少人借它之名播下了罪恶的种子。

窃国者诛，鸟尽弓藏，如果事情这样收场也算是个不坏的结局。然而皇帝坐不住了。在禁中宫苑的豹房里厌倦了奇技淫巧的皇帝忽然心血来潮，想要巡游南方了。一帮内侍和亲信的武官拟定了皇帝御驾亲征的方案。不知是出于什么样的病态心理，我们的皇帝还自封为"奉天征讨威武大将军镇国公"。他穿上厚重的甲胄，乘坐六匹马拉的战车，带着扈从的亲军祭告太庙后，被上万京军簇拥着兴兴头头地上路了。

也幸亏皇帝正在兴头上，一些企图谏止皇上亲征的大臣只是被打了屁股，并在丹墀之下罚跪五日。只有一个叫张英的臣子不自量力，试图在皇帝面前自杀以阻止南狩，他被"赏赐"六十军棍后不幸地死去了。作为先头部队，副将军许泰和提督军务太监张忠提了数千人马溯江先往南昌而来。当我发出的捷报送达皇帝跟前时，他带领着这支打秋风的队伍刚好开到良乡。这封来得太过不识时务的捷报引得皇帝老大地不高兴。既然前线已经大捷，天宇肃清，他还急巴巴地赶去干什么呢？

但没有一个人告诉这个贪玩的大男孩——他都快三十了，怎么还老是长不大——应该得胜回朝了。谁都知道皇帝的御驾亲征是一出闹剧，但就是没有一个人愿意说破。皇上爱玩，把江山都押上去玩一把也是他的事，谁敢违拂圣意搞得皇帝不开心呢？而且从理论上说，只有把皇上逗乐了哄开心了才有大家的好果子吃。为了把这出戏唱得更大些，皇帝身边的亲信们甚至想出了一个荒唐的主意来，让我把已经俘虏的亲王重新放回到鄱阳湖中，然后乖乖地等着皇帝去捉拿，以显天威浩荡。

只有把俘获的亲王献出去才能阻止这一荒唐的游戏。可是朱大将军的钧旨已下，我还怎么向朝廷献俘呢？我怎么也没有想到大捷之后的朱宸濠竟然成了一只烫手的山芋。但为了避免江西的百姓在经历了那么大的祸乱后再受惊扰，我只得硬着头皮向朝廷献俘。

我押着俘获的亲王前脚刚离开南昌，张忠、江彬、许泰派来索要俘虏的人就到了。他们以威武大将军檄命令我在广信待命。我故作不明白，说：威武大将军算什么玩意儿？我奉皇上圣命，以右副都御史身份巡抚赣南，论官秩也不比这个大将军低多少，凭什么要我听他的！

迟则生变，我亲自押着朱宸濠连夜过了玉山、草萍驿，向着杭州进发。按照我与提督赞画机密军务的太监张永的秘密约定，他在杭州等着我。张忠、许泰的人一路追到广信，眼看追不上，就转而向皇帝诬陷我，说我开始是与宁王一伙的，因为事情败露才把他擒获。后来我才知道他们为什么要千方百计阻挠我向皇帝献俘，他们才是一伙的，宁王早就用巨金贿赂把他们策反为政变的内应了。这真是贼喊捉贼。

我对张太监说，江西的百姓经历了那么大的祸乱，又赶上罕见的旱灾，还要供奉军饷，已经困苦至极，如果这个时候再有大军入境，必然承受不住，跑到山上去当土匪，他们过去助宸濠还是胁从，要是现在再为穷迫所激，到时就真的很难收场了。

张永听了我这番话后深以为然。他也说出了他的苦衷，现在皇帝被一群小人包围，如果顺着皇上的意，多少还可以挽回一些，如果惹恼了他，只能激发群小的过激行为，也无救于天下苍生。后来多亏这个有着正义感的太监到了南京向皇帝说我好话，不然，我怕是真的要和我亲手捕获的亲王装在同一辆囚车里了。

后来我还听说，俘虏们被解到南京后，皇帝还是玩了一出猫捉老鼠的把戏，小小地满足了自己一把。他下令把俘虏们放出囚车，解去桎梏，自己披上鲜亮的战甲，煞有介事地指挥三军，擂鼓呐喊，又把他们重新抓获了一遍。听到这一消息，我真不知是该哭还是该笑。

交出了俘虏，我长舒了一口气。下一步怎么办？我打听到皇帝的部队已开到了扬州，决定只身前往扬州，恳请游玩了一路的皇帝回驾。但此时让我巡抚江西的命令下达了，军情紧急，我不得不疾驰南昌。

此时的南昌城已乱作一团，张忠、许泰因我没有把俘获的亲王交给他们，憋了一肚子气，就挑动京军扰乱地方，寻衅滋事。将士们问我怎么办。我说，他们要什么，就给什么，谁也不准与他们正面冲突，违令者杀无赦！

京军们不再为乱地方，张忠、许泰不死心，还要来找碴儿。一天，他们把我请去军营，说要和我比射箭。他们以为我一个文弱书生，动动嘴皮子可以，骑马射箭就要趴下了。他们是成心要看我笑话，却不知道少年时代我就是个皮猴子，拿枪使棒最为拿手。我缓缓张弓，三发三中，围观的京军们全都啧啧有声，拍手叫好。

两人问我，听说宁王富甲天下，你攻下南昌城后，把那些金银财宝转移到什么地方去了？

我说，据我所知，宁王的财宝大多送去京师贿赂要人了，可笑的是他还要把这些人约为内应呢！

转眼到了冬至，此地民间习俗，这一日要祭祀祖宗和亡灵。战事刚过，城中又添不少新丧，一时哭声震野，北军将士离家久了，听着这样的悲音无不泣下思归。张忠、许泰不得已班师回京。

送走了这两个瘟神，我一口气松下来，只觉得四肢发软，心口堵得慌。于是我去了杭州，在净慈寺住下养病。我的身体需要静静调养，我纷乱如麻的大脑也要好好梳理。让我想不通的是好不容易出大力平了叛乱，却要被泼上一身的脏水。我感觉从来没有这么灰心过。

四

杭州乃吴越王钱氏建都之地，人文蕴藉，文采风流。不少朋友曾经对我说，到年老了，在西湖边求田问舍了此残生，可说是身为文人的最后一个梦想了。此间的山水、古刹，空气中若有若无的桂花香，使我对这个城市保持着持久的好感。

一天，我去虎跑寺游玩，兴尽将返，看到寺里的一间禅室紧关着门，忽然起了好奇心，问这间禅室是做什么用的。陪同的住持说，有个僧人已经在里面坐关三年了，终日闭目静坐，不说一句话，也不睁开眼看一看周围，真是个怪人。

我推开门，等适应了里面的黑暗，我看到了那个坐得像一块石头的和尚。他兀自闭着眼，不顾不问，好像天要塌下来也与他没有关系。我猛喝一声："你这个和尚！终日口巴巴说什么？终日眼睁睁看什么？"

和尚惊了一下，站起来向我施了一礼，说："小僧在这里不言不视已经有三年了，你却问我终日口巴巴说什么，终日眼睁睁看什么，此话又从何说起呢？"

我问："你是哪儿人？离家多少年了？"

和尚答:"我是河南人,离家有十多年了。"

我问:"家中亲属还有什么人吗?"

和尚答:"就一个老母亲,也不知道如今是死是活。"

我问:"还想念吗?"

和尚说:"不能不想啊。"

我说:"你既然不能不想,虽然终日不说,心里却一直在说,虽然终日不睁开眼睛看看四周,心里也已经看见了。"

和尚猛地合拢双掌,向我重重施了一礼,说:"檀越真是妙言惊人,还望开示。"

我说:"人生于世,想念父母乃是天性,怎么能够断灭。你说不能不想,那是你的真性发现,俗话说得好,爹娘便是灵山佛,不敬爹娘敬何人。你既然已经发现了,还被这思念苦苦折磨着,那就不如听从心里发出的指令,做起来,又何必终日呆坐在这里,徒乱心曲?"

没等我把话说完,和尚咧嘴大哭起来:"檀越说得对啊,我明天一早就回家,去看望我老娘。"

他从蒲团上跃起身子就要去准备行囊,一边还在用衣袖胡乱擦着泪,一边脸上已在笑着了。

第二天,我又去虎跑寺。寺僧告诉我,那和尚五更天的时候就挑着行囊回老家去了。

尽管我一记猛喝喝醒了这个痴和尚,但又有谁能伸出他万能的手，拨开遮着我前面道路的雾障呢？

到了第二年正月，我听说皇帝在南京逛青楼、看大戏，玩得不亦乐乎，决定去南京面见皇上，为自己剖白洗冤，并劝他返回大内。在安徽芜湖，我受到了在家赋闲的大学士杨一清的阻拦。这个帝国官场中的铁腕人物怕自己的位置受到威胁，也加入到了排挤我的力量当中。我一气之下便上了九华山。其实我登上这道教圣山还有一个目的，是向皇帝暗示我不是那种脑后生有反骨的人，而只是个学道之人。①

不久我又去了庐山。在庐山开先寺的读书台刻了一个石碑："七月辛亥，臣守仁以列郡之兵复南昌，宸濠擒。当此时，天子闻变赫怒，亲统六师临讨，遂俘宸濠以归。"我在这里玩了一个小小的文字游戏，我把天子带领他的打秋风的队伍出发的时间提前了，把一切的功劳归于英明的圣上。我这般苦心孤诣，又有谁知道呢？

黑暗中坐在江边，听着波涛拍岸声，想着自己一身蒙谤，连想见皇帝一面也难于登天，我是连死的心思都有了。我对学生们说，现在要是有个地方容我背着老父逃跑，我就一去不返了。

皇上是不会知道了。他在南狩游乐途中乐极生悲，喝醉了坐在一只小船上独自钓鱼，不小心船翻落水，淹了个半死，寒气入骨。他那具被酒色掏空了的身子早就支撑不住了。他预支光了所

---

① 《明史·王守仁传》："守仁乃入九华山，日晏坐僧寺。帝觇知之，曰：'王守仁学道人，闻召即至，何谓反？'"（中华书局1974年版。）

有的快乐，回到京城两个月后就驾崩了。武宗晏驾，因为没有儿子，太后和一干大臣只得让他的堂弟朱厚熜继了皇位。世宗登极，即改元嘉靖。

当即位的新帝因为我平叛的战功宣旨召我进京时，我就像一只警觉的猎犬听到主人的指令一般向着京师疾驰而去。皇帝的圣旨是这样说的："尔昔能剿平乱贼，安静地方，朝廷新政之初，特兹召用。敕至，尔可驰驿来京，毋或稽迟。"

然而，惯于玩弄政治手腕的大学士杨一清再一次把我阻在了宫阙之外。他早就把我看作官场上潜伏的一个对手，担心我一入阁就会挤走他的位置，于是千方百计要把我打压下去。杨大学士指使言官上书制造舆论，以国丧期间费用开支浩繁、不宜行宴赏为由，使嘉靖皇帝的这一道圣旨成了一张废纸。

一次次政治热望的扑空使我反省，真个是人人有个圆圈在。如果说朱宸濠是我的俘虏，我难道不是自己的功名、欲望等的俘虏吗？心为行役，看来我们每个人都是自己内心里的隐阴面的俘虏。东家老翁防虎患，虎夜入室衔其头；西家儿童不识虎，执竿驱虎如驱牛。傻子因噎废食，蠢夫怕淹死先投了水。人生应该知天达命、磊落潇洒，如此这般整日价生活在忧谗避毁当中，跟坐监狱有什么两样呢？

当我想明白了这一点以后，就给新皇帝写了《乞归省疏》，请求提前退休。我说：近两年来，我流年不顺，祖母死了，老父也多次病危。我连续四次上疏乞归都没有获得批准,再加权奸谗疾,一次次恶意中伤,我不知道哪天会突然祸从天降。现在天启神圣,您承续大统,我就把这些真实想法说出来,欺君者不忠,忘父者不孝,所以我冒罪请求回去。

我不管皇帝会不会批准,什么时候批准,我的心已经不在那片我曾经向往不已的宫阙庙堂之间了。我即刻准备行装。我已经看到了一个自由人在故乡在未来岁月里的生活景象:夏天在微风的吹拂中去鉴湖赏荷,冬天则去欣赏姚江的雪景。在春日微醺的和风中,带着装满食物的提篮,带着酒具,和学生们去城外进行一次富有田园意味的郊游……

第三章　夜　宴

嘉靖五年（1526）十二月

浙江绍兴

怀着神圣的道德感走向床榻—关于才女，关于平庸的女子—我儿子的故事—在大兴隆寺与黄绾第一次见面—王司封：天下最多言之人—京城学术小团体—徐爱的梦与死—在滁州的山林大声歌唱—十六世纪的南京—弟子们—夜宴

第三章 夜宴

一

三十余年来，我在妇人诸氏身上浪费了诸多精力，但她至死也没有给我留下一个子嗣。这对一个男人来说实在是最大的失败。

在婚姻的最初几个年头，好奇心还可以让我们彼此探索对方的身体，并在这探索中享受性的乐趣。但随着年齿徒增，诸氏平坦的腹部越来越成为对我孜孜不倦耕耘的一个嘲笑。不知从哪天起，天色一暗我就变得焦躁不安。有了一个延续香火的明确指向的房事变得索然无味，并越来越成为一桩让我疲惫不堪的苦差。

一个又一个夜晚，我怀着一个丈夫神圣的道德使命感走向床榻。我走向裹在沉重的棉被下诸氏白瓷一般的身体，如同走向一个深不见底的陷阱。可是不管我们如何在房事前虔诚跪拜，她又如何在事后小心翼翼地控制着不让身体侧转以免前功尽弃，她的肚子还是没有鼓起来。问题当然可能出在她身上，也可能出在我身上。但在我们的时代，一般来说只能算是女人方面出了问题。

如果不是因为她不争气的肚子，诸氏真的是一个很适合我的妻子。这么说的意思并不是诸氏有多么的优秀，相反，出身于官宦之家的诸氏只是一个平常的女子，一个从外貌到内心都平常到你不会多看一眼的女子。但对于我这样一个可以说是纯粹的精神生活者来说，如果要在一个所谓的才女和一个平庸的女子之间做个选择，我还是倾向于后者。这有两方面的原因。一是我对物质生活所求无多，炫目的声色只会迷人心志，而平庸的女子则让人感到心里头踏实。二是我对自己智力上一惯的自信使我对女人的才情与智慧向来抱一种怀疑的态度。我的女人诸氏简直就是为了我在高蹈的心灵世界之外所需要的一种世俗生活而生的。

精神是光，世俗是黑暗，光可以利剑一般劈开黑暗，但没有黑暗也就没有光，如同没有黑夜也就没有了白昼。又比如荷叶承载着一滴水珠，世俗生活也是这般承载着我们的思想，如果没有了肥大的荷叶在底下托着，那还有什么水珠呢？

好了，不说这些，接着来说我的女人。诸氏害怕这个世界上所有非比寻常的东西。她怕黑暗，怕雷声和大雨，怕做梦。但她异常地热爱这世上所有看得见摸得着的一切。她热爱的东西肯定要远远超过让她害怕的，这么说她几乎是一个快乐的现实主义者。是的，她真的是一个透明的女人。她爱漂亮的衣服与可口的美食，她爱女红，她爱窗外的梧桐和树上聒噪的鸟雀。我喜欢她的这种浅，喜欢她这种几乎可以说得上是毫无心肝的快乐。这也是我那么多年来不管朋友和学生一次次的好心劝告，一直没有抛下她另娶外室的原因。说实话，在我长年的宦游生活中，这样的机会不是没有。一个人在婚姻生活中是否忠诚，跟他的修养、禀赋、抱负有关。如果我是生活在风流绮丽的三吴之地的唐寅之流的才子，不说大话，我的私生子们早就一大群了。

请不要把我下面的这些话看作是对死去了的诸氏的无尽溢美。

诚然，她已长眠地下，再也不会瞪圆着惊慌失措的眼睛问我这是真的吗，我在你眼里真的是这样一个人吗。但我还是要让说出的话忠于事实，因为一个人说出的话都将被记取，无论对生者还是死者。这个恪守妇道的女人，作为老王家的媳妇，她孝顺，勤快，身上没有那种官宦人家小姐的臭脾气。这么多年她一直在老家侍候老人，过着近乎修女一般的生活，从来没有搞出什么飞短流长来，也没有听她抱怨过什么。

在我们这个时代，江南一带闺阁小姐和闲来无事的少妇们聚在一起结社吟诗已经蔚然成风，但诸氏从来没有追逐时尚，去参加这种文艺沙龙，她也没有什么闺中女友。如果有一天醒来我的女人忽然变成了一个女诗人，那才是一件可怕的事呢。

让我一想起来就愧疚不已的是，做了我的妻子后她几乎一直都在担惊受怕中。这一方面是因为江湖凶险，怕我在外面有什么闪失；另一方面，因为不能生育，她觉得有愧于我，有愧于这个家。每次我回到老家短暂居住，一般都是因为受了排挤打击而心情恶劣，那时候我的脸色就完全成了笼罩着诸氏的气候。她看着我的眼神都是小心而恭顺的，甚至不无讨好的意味。有时又是羞怯的，看着我时脸上的雀斑都红了起来；忽而又低下头去，让你感觉到她那种小心翼翼压抑着不流露出来的热情。

亲爱的妇人诸氏，现在我一想起你来就想起你站在老家厢房外的廊檐下看见我满脸风尘归来时的欢欣无比的神情；想起我们一起坐着船从江西回家,你在流水中照着自己青春的容颜。时光易逝,年华渐老,我还会想起你的脸上如同乌云一般越来越厚重的忧伤。是的,忧伤。当红红的烛光如同一汪水在你眼中摇动时,我会看到这忧伤从你的脸上一点点地滴落。

在我四十四岁那年,眼看着诸氏生育无望,由父亲做主,把堂弟守信的儿子正宪过继到了我的门下。①那一年正宪八岁,长得虎头虎脑,我很喜欢,诸氏也喜欢。我没有想到的是,这一举动日后会在我的嫡子和嗣子之间埋下冲突的种子,在我死后引发一场为了争夺爵位继承权的诉讼,并最终导致家族内部分裂,我的儿子一系在十六世纪中叶从山阴搬回我的出生地余姚小城。②

好了,那片将在以后的日子里出现的云翳现在还远在天边,华灯已张,盛筵在即,远近前来贺喜的客人都已到齐,且让我们满饮眼前杯中的甘浆,为我的新生儿子祝福吧。如果诸氏泉下有知,她知道我的第二个妻子张氏为我生下了一个儿子,使我得遂延续香火的宏愿,我相信,她也会含着酸楚的笑容为我高兴的。

---

① 《王阳明全集·年谱一》:"十年乙亥,先生四十四岁……立再从子正宪为后。正宪字仲肃,季叔易直先生兖之孙,西林守信之第五子也。先生年四十四,与诸弟守俭、守文、守章俱未举子,故龙山公为先生择守信子正宪立之,时年八龄。"

② 王阳明去世两年后,原已世袭锦衣卫百户的嗣子王正宪想趁王正亿年幼分居析户。《王阳明全集·年谱附录一》载:"胤子正亿方四龄,与继子正宪离忧窜逐,荡析厥居。"至隆庆元年(1567),朝廷对王家重行封赏恤典,王正亿以嫡长子的身份准袭伯爵,此时他已返居余姚。王正宪一系、王阳明的二弟守文一系则留居绍兴。

今年我已五十有四了，这个儿子来得太晚了些，但无法抑制的喜悦，还是让我在这天晚上的百日宴上比平常多喝了几杯甘醇的绍兴纯酿米酒。在我看来，这是比几年前朝廷给我加官进秩更为振奋的事。这是因为，前者只能满足一个人的虚荣心和追逐功名的欲望，而年过半百之后终于到来的这个儿子，得以让我完成了一个人的道德使命。当然，我还没有说出的一层意思是，它还煽动起了一个男人在这个年纪越来越消歇下去的雄风。

宴会始终在喜气洋洋的气氛中进行，几个朋友和学生甚至借着酒劲打趣起了我是老树发新芽。他们勉励我再接再厉，争取再生几个出来。此言甚合吾意，我红着脸大言不惭：还见吾家第几郎？意思是说，那你们就等着瞧吧。那天我儿子的百日宴真的办得挺不错的，除了坐在角落里我的十八岁的嗣子正宪沉郁的脸色在我心里划过一丝阴影，并为日后如何安排他两个的位置有过片刻的焦心，其他的一切真的都很好。

宴会的高潮是两个九十多岁高龄的缙绅代表送上祝福的贺诗，并以吉祥的话预言我的儿子将有一个美好无比的前程。我在答谢诗中谦虚了一番，告诉这些耆旧们，犬子如果能把我们王家的一脉书香延续下来就算不错了。

像天下所有望子成龙的父亲一样，我希望我的儿子能够得到天赋的智慧，也就是那些年我一直在说的良知。这也是我把他的小名取为聪的原因。按照王氏家谱排行，他是正字辈，就叫他正聪吧。①

二

在充满了创造性冲动和激情的岁月之后，随之而来的是无边的宁静和宁静中对自我的反思。正如瓦莱里所说，人们以书写自己的欲望开始，以写回忆录告终。我在这里写下我个人的历史，尤其是我内心的、个性成长的历史，从这个意义上，可以把这几年来我的这份断断续续的回顾性叙事称作我的自传，或者一幅不算太走形的自画像。甚至，在这里，我也不再重要，心是这个传记的主角。是的，这是一个关于心的故事，关于心的成长、觉悟、最终走向衰竭的故事。

现在就要引出我一生中的两个关键词：冲突，心。冲突是起于我生命中现实与梦想这一最基本的分裂。现实与梦想之间的距离越大，冲突越甚。当这一冲突紧张到不可调和、承受的地步时，就转而诉诸内心，并试着从另一条由内及外的道路去抵达这个梦想。在这里，心是抚慰，心是减压器，心是动力机。它是道，也是器，用禅宗公案话语来说，它既是天空中的月亮，也是指向月亮的那根手指。

当我在一五一〇年春天离开贵州的时候，我已经隐约看见了

---

① 《王阳明全集·年谱三》："先生初命名正聪，后七年壬辰，外舅黄绾因时相避讳，更今名。"

这另一条道路。它正从远方的天空垂下,如同花园里一架秘密的梯子。我知道,站在梯子下面,我只是一个在世俗的泥潭里打滚的人,而一旦登上它,我就有可能成为一个神。所以我一定得登上那架梯子。临行前,我对赶来送行的学生们说:

我要去找一个人了。

他们问我找谁。

我这样告诉他们:王守仁。

这次离开贵州,我沿着三年前进黔的路重走了一次,但心情已全然不同于三年前的凄惶。沿途看到从前的学生冀元亨、蒋信、刘观时等一个个都学问大进,让我十分欣慰。

三月,我坐船顺沅水东下,经溆浦大江口、辰溪,到达辰州府治所在地沅陵。结束流放生涯的我将在吉安府下辖的庐陵县出任知县一职。县衙在府城南门,出南门稍东就是赣江,江中心的白鹭洲上有个号称江南四大书院之一的白鹭洲书院。我喜欢这里出尘般的宁静,把它作为给学生们讲会的一个场所,教他们一些静坐调息的基本功。公务和讲学之余,在赣江边散步成了我每日的功课。我现在已经开始学着体会花开花落和水声流逝间所包含的生命的情意。

我只做了半年庐陵知县,一个偶然的机会使我在这年秋天就奉调到了南京,任南京刑部四川清吏司主事,官职从七品重新升到了流放前的从六品。用官场上的话来说,我这么些年是白混了,但今日之我已非昨日之我，我觉得还是有收获的。我的收获就是在贵州山地的蔽天雾障中磨炼出了一双锐利的眼睛。这双眼睛可以让我看到常人所看不到的东西。

这年十一月，我进京入觐，例行公事，住在大兴隆寺。一天，一个叫储柴墟的老朋友带了一个年轻人前来拜访。这个长相英武的年轻人说，他叫黄绾①，后军都督府都事。

他向我倾诉了多年来遍读古代典籍却又找不到一个方向的苦恼，这就像你要穿过一个树林到一个客栈去投宿，可是太多的岔路总是搞得你心神不宁，不知该走哪一条。他还告诉我，他的志向是让蒙上了种种曲解和误会的伟大的古代思想在今天发扬光大。

十一月的京城天寒地冻，大风中的雪粒子把屋瓦打得铮铮作响，这个年轻人的一番话却让我感觉整个屋子都暖和了起来。我按捺着激动说，这个志向很好啊，可是这一脉的学问断绝得太久了，你准备怎么用功呢？黄绾老老实实地告诉我，只是粗略地有这个志向罢了，还不知道怎么去用功呢。

我说，人怕的就是没有志向，有了志向，做起来，就会成就

---

① 黄绾（1477—1551），字宗贤，一作叔贤，号石龙，又号久庵，黄岩县洞黄（今温岭市岙环镇照谷村）人。明正德五年（1510），经友人引荐，结识王守仁，订终生共学之盟。早年深受朱学影响。从学王守仁后，转而对王学笃信不疑。为维护其"知行合一"说，与人反复论辩，得王守仁器重，称其为"吾党之良，莫有及者"。王守仁去世后，始对王学产生怀疑。官至南京礼部尚书兼翰林学士。著有《思古堂笔记》《明道编》《石龙集》等。

自己。我告诉黄绾：有一条简捷的道路可以通向你所说的那个目标，那就是做减法。人活在缠蔽中，所谓的减法就是去蔽，把树林中的一条条岔路砍掉，把屋子里多余的东西搬掉，这样，我们的心，就成了一个空空的房间，可以让阳光进来。所以，人心在这里是一个关键，一个让天地万物得以呈现意义的关键。

分手时，我对这个年轻人说，做起来，就能成，你要相信人可以凭着意志和内在的修炼成为你想成为的人。

过了几天，我带了黄绾去翰林院见老朋友湛若水。三个男人心智的真诚碰撞，使得那个下午在我的一生中成了最为美好的时辰之一。在湛若水的寓所里，一场长谈过后，我们疲惫而又满足。我们郑重发誓，要在这人生的学术道路上携手并进，要让友谊贯穿我们的一生。我在京城的公事本来早已办完，只是为了多一些时光和他们在一起，我才一再推迟返回南京的时刻表。然而随着时日的推移，我再也没有理由赖在北京不走了。可能是为了掩盖分手在即的伤感，聚在一起的时候我们三个人总是拼命说话，好像要把所有的话都抢在分别之前说完，尽管一阵虚张声势的热闹过后常常是让人更为窒息的沉默。

他们一再地拖延我南归的时间，找出各种各样的理由让我在京城再多住几天。后来我才知道他们瞒着我为把我留在京城暗地里活动。我知道若水尽管在京城官场上一向口碑很好，但他生性疏阔，不太热衷于政治。黄绾呢，豪爽任侠，又在都督府做事，能与上面说得上话，我承认他有能量，但毕竟过于年轻了一些。仅凭这两人的活动打点，要把我这样一个没有政治背景的人留在京城谈何容易。我不知道他们找了多少官员，送出了多少银子。让我吃惊而又感动的是，事情到最后还真让他们办成了。他们找到了吏部尚书杨一清，并最后说动了他。于是连我自己也不敢相信，第二年的正月一过，我就在北京吏部正式上班了。

尽管我还只是吏部验封司的一个小吏，但毕竟是到了京城。这里是我政治生活的起点，我最好的朋友也在这里。他们打趣地叫我王司封，时间一长，我也惯了，有时开开玩笑也自称起司封王某。对官衔的这一浑不当回事的自我解嘲里，正好见出我们是一群别有怀抱的人。我们一不加入哪一个党派，二不依附于哪一方势力，既然提拔无望，除了学术还有什么好让我们寄托的呢？

我在吏部是个闲差，若水在翰林院就更不用说了，日子都要淡出鸟来了。三个人里只有黄绾算是在正经做事，但也忙不到哪里去。每天下班后，或者休沐日，反正只要有时间我们就相聚讲论。为了能早晚切磋，有段时间我们还住在了一起。悠游山水是我们三人的共同爱好，只可惜偌大的北京几乎没个好去处，于是我们只好一而再地上香山去消磨时日。

谁也不会想到我与黄绾会成为儿女亲家——那是我死去多年后的事，我的儿子遭受乡里宵小之辈的欺凌，闹得日子都过不下去了，刚升任南京礼部侍郎的黄绾把自己的小女儿嫁给了他，并给他改名正亿——我们持续多年的友谊会结出这样一个果实是我始料未及的。①

日子一久，一些有抱负而又对时局有所不满的低级文官也加入了进来，我们这个文人小团体像个雪球一样慢慢滚大了，沙龙讲会的规模也越来越大。尽管在我们这个时代，讲学已经成为一股流行风气，但这是在京城呀，是在官场呀，我们这样痴迷于这种事，还是被主流社会目为异类，受到嘲笑和奚落。他们笑话我是天下最多言之人，就是若水这样超然淡泊的人，也被讥作一个话痨。

我对若水说，我们是不是真的太多言了呢？若水沉吟了片刻，反问我怎么看世人对我们的评论。我说，别以为我不想沉默，我也讨厌多言。因为一个人话一多，必定气浮、志轻，气浮的人热衷于外在的炫耀，志轻的人容易自满松懈。所谓言日茂而行日荒，这言与行之间的关系我们当然都懂，但你睁眼看看这个时代，那些所谓务实的人，不过是在务名罢了。这就是学术不明的缘故，在这个时候，看样子我们也只好做聒噪的乌鸦了。

圈子里有个叫梁仲用的朋友，一向以征服世界为己任，在官

---

① 黄绾把女儿嫁给王正亿事见于《明儒学案·浙中王门学案·尚书黄久庵先生绾》："以女妻阳明之子正亿，携之金陵，销其外侮。"见黄宗羲《明儒学案》卷十三，中华书局1985年版，第280页。在黄绾撰写的《阳明先生行状》中也有这样的记载："予以女许公之子，盖悯其孤而抚之。"见《王文成公全书·世德纪》卷三十七，明隆庆刻本。可见黄绾是出于对正亿的同情而许婚的。

场上也混得不错。有一天他忽然跑来对我说，他觉得自己太躁进，还没征服自己就想着去征服世界，真是太荒唐了。他反省以往的言行，觉得自己太爱发言，给自己取了一个默斋的号，为的是警戒自己每次说话前先把舌头在嘴里盘上三遍。

我语带讥诮地对他说，你向一个天下最多言之人问沉默之道，真是笑话，我哪里知道什么沉默之道呢？如果沉默让你感到充实，你当然可以闭口不言，但你焉知沉默里也包含着四种危险？梁问是哪四种。我说，如果你疑而不知问，蔽而不知辩，只是自己哄自己地傻闷着，那是一种愚蠢的沉默；如果你用不说话讨好别人，那就是狡猾的沉默；如果你怕人家看清你的底细，故作高深掩盖自己的无知无能，那是捉弄人的沉默；如果深知内情，装糊涂，布置陷阱，默售其奸，那就是默之贼了。听了我这番话，梁仲用惊出了一身冷汗，再也不敢提他那个默斋的号了。

那些加入到我们这个小团体来的人其实不无投机的成分，他们好多人顶着向我请教学术的幌子，其实是想得到一个人生艺术或者官场艺术的卡耐基式的指南。另一个朋友王纯甫到南京当学道，与上上下下的关系都搞得相当紧张，问我怎么办。我告诉他，你感觉紧张，这说明你像要出炉的金子一样，正在经受最后的冶炼。这正是变化气质的要紧关头，平时要发怒的现在不能发怒，平时惊慌失措的现在也不要惊恐不安。"能有得力处，亦便是用力处。"天下事虽万变，我们的反应不外乎喜怒哀乐这四种心态，练出好的心态是我们学习的总目的，为政的艺术也在其中。

王纯甫收到信，琢磨了好长时间，回了一封看上去词句非常谦虚、实则很自以为是的信。我觉得，这个爱钻牛角尖的家伙回信里缺少最基本的诚意，本想不睬他了，但一想他自以为的聪明处，正是他的糊涂处，我怎好悬崖撒手？于是在下一封信中告诉他：心外无物，心外无事，心外无理，心外无义，心外无善。我不知道王大人是否真的懂了。不明白，那就好好揣摩去吧。

第二年秋天，湛若水奉朝廷之命出使安南。黄绾呢，因为得着一个休长假的机会，也去雁荡山、天台山之间结茅修行去了。分手之际，我们约定日后还是要聚在一起。黄绾说，他此行是先探探路，为我们去打前站，如果真找到了好地方，就再来邀请我们一起去快活逍遥。

黄绾的这番话让我欢喜得流了泪。尽管那只不过是一张充饥的画饼，但在苍茫的人世间，这难道不是一点难得的安慰？真知我者，黄小弟也。世艰变倏忽，人命非可常。斯文天未坠，别短会日长。若水啊，黄绾啊，我们就等着一起拂衣还旧山的一天吧。

北京真冷。没有了朋友的北京更冷。不管我们对未来有着怎样的梦想，我知道，我们在京城里的这个学术小团体算是散伙了。

三

地理是我记忆的核心。地理——一次次的离去、一次次的抵达、思乡、怀旧及旅途中归属感的疑问——是我记忆的核心。我生活过的每个地方，不管是小城余姚、北京、南京，还是贵州省的修文县、江西省的庐陵和南昌，都是一张复杂、密致的网，是我成长并获得自我身份和自我意识的重要部分。

在每个地方，我都结交了一批同道和朋友，相与探讨学问。随着我的年齿徒增，他们恭敬而信任地把我称作老师，但我一次次地告诉他们，每个有着向善之心的人，他的老师都在他的心里。但他们总是把包含着我的所有思想的核心的这句话看作一个有着崇高的道德声望的人的自谦之词。

我自己也不记得这一生中到底收了多少个学生，这些记名或者不记名的弟子们，像一粒粒火种，把我的思想带到他们各自所在的地区。这些地区主要是江右的江西省、江左的南京和我的故乡浙中，还包括我以前的流放地贵州省。更有一些长时间随侍左右的和联系紧密的学生，把我的言行记录下来广为印发。这些学生资质不一，性情各异，他们唯一的共同点是以钻研、探讨、传播我所开创的新学术为己任。

在漫长的岁月里，共同的追求使我们声息相通。即使有一些以后再也没有见面，像我曾经告诉他们的一样，他们也永远在我的视野里。他们中的一些，或因用力过度，或为困窘的现实所迫，已经英年早逝，离开了这个世界。想起这些已经长眠在泥土下的面孔，我不禁黯然神伤。最让我伤心不已的，是一五一八年我巡抚赣南、平定匪乱时,在军中收到我的妹夫、也是我最优秀的学生之一徐爱的死讯。

现在我还经常想起他,想起他单薄的身子和可以称得上俊白的脸。徐爱的身子真的太单薄了,这样柔弱无力的身体穿着宽大的衣服,你真会担心他一不小心就被大风刮走。与他的瘦弱不相称的,则是他睿智的大脑和一颗赤诚火烫的心。以身与心的冲突做着思想的疆场的他,几乎天生就是一个精神生活者。

当初考虑小妹婚姻大事的时候,有两个人选,一个是徐爱,还有一个也姓徐,是他远房的一个叔叔。父亲在这两个人选上有过短暂的犹豫,最后还是为小妹选择了徐爱。因为父亲觉得大徐为人过于浮浪,好吹牛皮,不像是个过长久日子的,担心小妹嫁过去吃苦。而眼前的这个小徐,虽然身子骨弱了些,但为人忠恳,骨格清奇,一看就是个读书种子,前途或未可限量。父亲一生识人无数,但他无论如何也不会预料到他的女婿会是个薄寿之人。

徐爱是我最早的几个学生之一。早在二十年前我居京师时,他就不时地从家乡跑来向我请教求学中碰到的疑难问题。一五〇七年赴戍途中,我曾在老家短暂居留,就在那个时候,他和同乡的蔡宗兖、朱节三人向我行了拜师礼,正式成了我的学生。可惜那个时候相处的时间不长,我要继续向着流放地西行,他们呢,作为地方府学推荐的学生要上京城参加会考。

第二年我在龙场的时候,收到了徐爱从家乡寄来的信,他沮丧地告诉我，考场失利了。我即刻去信安慰他，落榜不能落志，以后的路还长，要沉住气，打起精神，在道德和学问的道路上孜孜不倦，以求大成。同时还向他建议，龙场地处偏僻，穷荒无书，尽管物质上艰苦些，却少了些外在的羁绊，如果他能舍得离开娇妻和年迈的双亲，此地倒也是个静心读书的好所在。信发出后我也没有抱太多的希望，黔越之间，相距何止千里，即便徐爱真的想来，以他的身子骨也是吃不消这一路劳顿的。

我没有想到的是，几个月后的一天，徐爱突然出现在我的眼前。他憨憨地笑着走进驿站的时候，我还没有认出他，以为是哪个过路的商人。他低低地叫了我一声，向我顽皮地眨了眨眼。一瞬间我如梦似幻。爱！爱！我大叫着站起身。我的动作如此猛烈，以致打翻了面前的茶碗。

一五一二年冬天，我离开居住了两年的京城，重回南京，转升太仆寺少卿一职。关于这一职位在这里稍稍多说两句。太仆在古代是掌马政之官，本朝的太仆寺是从三品的衙门，主要职责是给国家养马，地点在南京北面的滁州。马者，国之武备也。在冷兵器时代，马匹的多少和强壮与否是一个国家国防战斗力的标志之一，但让我去做这样一个侍弄马匹的官，真是一个黑色幽默。

调令下达没几日，我接到了徐爱的来信，得知他将从祁州知州任上调升为南京工部员外郎，于是我们相约一同南下。先回余姚老家，看望我的父亲，也就是他的老丈人，然后他上南京履新，我则去滁州养我的马。父亲已在我调到北京吏部任职的那一年退休，寂寞的老人把他没有实现的政治抱负全都寄托在了我们身上，对我们期望甚殷。

因为去南京是做闲官，不用急巴巴地赶路，我建议坐运河的船南下。我选择坐船的另一个原因是担心徐爱身体不好，怕他吃不消一路的车马颠簸。坐着船慢悠悠地走，既惬意，又没有外界俗务的打扰，正可以从容相对，坐而论道。我的建议得到了徐爱的赞同，他高兴地说：这么多年宦海沉浮，我的心都像长满杂草的菜园子了，能够在船上朝夕相处，一路向您讨教，这真是太好了！①

自从三十年前跟着祖父第一次坐运河的船北上，我不知道已经有多少次在这条帝国著名的水道上航行了。我已经熟悉了它每一处的转折，它的气息。我就像了解一个朋友一样熟悉它的脾性。不知为什么，一靠近它，我躁厉的内心就会变得平静，变得温柔。很多个夜晚，船在黑暗的水面上平滑地前进，我会有一种错觉，就好像它正带着我回到时间的初始，回到我出生之前的幽暗国度。

这次和徐爱同船南归，这条像掌纹一样熟悉的河流忽然变得陌生起来。水是新的，风是新的，每天清晨傍着船舷从东方冉冉

---

① 徐爱在《传习录》首卷的自叙中这样提到舟中论学对他内心的冲击："爱因旧说汩没，始闻先生之教，实是骇愕不定"，"其后思之既久，不觉手舞足蹈"。

升起的太阳也是新的。运河如同一条银亮的带子匝着平原宽大的腹部，而在朝阳的映照下，面前的河水却如一床翻着红浪的被子。这个比喻是不是太不雅驯了？但如此欢愉的心情降临在我心上真是少有。究其原因，一，自然中饱含的生命的情意触动了我，我的心以前一直是执着于一念，向内收缩，现在它舒张了开来；二，徐爱是一个不错的谈伴，那时他身上已经出现了成为一个长于内省的思想家的苗头，我们在交谈中相互启发和点拨，搬开了压在心里的石头。

我们的话题是从儒学的经典《大学》开始的，然后转入了关于心灵空间的讨论。

徐爱说，您讲只求之于本心就可以达到至善境界，恐怕不能穷尽天下之理。我还是坚持原来的观点：心即理也，天下哪里有心外之事，心外之理？徐爱说，还是有许多理的，比如说对长辈的孝顺，对君王的忠诚，对朋友的信义，对百姓的仁慈，等等，这一切你怎么可以假装看不到呢？

我对徐爱说，这种错误说法已经流行很久了，一两句话点不醒你。且按你说的往下说：如事父不成，去父上求个孝的理；事君不成，去君上求个忠的理；交友治民不成，去友上民上求个信和仁的理——其实都在这一个心上。心即理也。此心无私欲的遮蔽，即是天理，不须外头添一分。以此纯乎天理之心，运用在对待老人上便是孝，用在君上便是忠，用于朋友和百姓便是信和仁。

徐爱说，您这么说我好像有些明白、开窍了，但旧说缠于胸中，一时难以脱尽，譬如孝敬老人，其中许多细节还要讲究吗？

我说，怎么不讲究？当然要讲究，只要有个头脑，便自然懂得在冬冷夏热之际要为老人去求个冬温夏凉的道理。这都是那诚孝的心发出来的条件。有此心才有这条件发出来。然后我给他打了一个比方，好比树木，这诚孝的心便是爱的力量的根，许多条件便是枝叶，须先有根才有枝叶，不是先寻了枝叶再去种根。①

在船上几乎天天有这样的辩论，我们都迷上了这水上的功课。我总觉得，在我们的对话中，总会有一种从心到心如同火花一样的东西在活泼泼地跳动。一天傍晚，辩论结束，我们站在船头看着暮色渐渐升起。徐爱手舞足蹈着说，要是这条船永远开不到尽头该有多好啊。我笑他痴，却也止不住对着江面微笑起来。

这当然不可能是一条没有终点的航线，一个月后，船到钱塘，我们从陆路赶回了余姚老家。见过祖母、父亲，我就想与徐爱一道上天台山去找黄绾。因为家人的反对，我们也不好坚持，便没走成。我给黄绾写了一封信，告诉他我已回越，约他前来山阴相见。信发出后我便开始了漫长的等待。

但等到麦子黄熟的五月，不知黄绾是没有收到信，还是被什么事绊住了，他始终没来。这让我很不爽。尽管身边有几个学生，资质也算可以，但渲染世习太深，我总觉得难与深言，无法和他

---

① 参见《王阳明全集》卷一《语录一》，上海古籍出版社1992年版第2—3页。

们讨论一些精微的问题。徐爱说，这般干等着也不是办法，不如去附近走走，也好让山水洗涤一下俗肠。

于是三五人做伴便出发了。先去邻县上虞，看了古城，又去东山看了晋太傅谢安隐居的村子，然后来到梁弄，在我的一个学生家中住过一晚后进入了林深草密的四明山。去一个叫柿林的小村的山崖看了宋徽宗的瘦金体的字，又去看了道教第九洞天白水冲的瀑布。登杖锡山，至雪窦山，又上了千丈岩，在烟涛微茫中远望李白曾经梦游过的天姥山。

本来我还想在山中再盘桓几日，但适逢干旱季节，龟裂的田地和农人灰扑扑的脸上无奈的神色，沿途民生的艰难使我再也没有了刚出门时的好心情。于是潦潦草草从奉化下山，转道宁波回来，以余姚城为圆心画了一个不大不小的圆圈。等我们到家，黄绾的信已经到了几日了。我即刻回信告诉他，虽然此行没有大的发明，每人总算是有些小收获吧，最为遗憾的，是你老弟没有和我们一起同行啊。

因只是在家门口逍遥，打发赴任前的无聊，这次短暂的出游当时也没觉得有甚可记之处，然而现在想来，那是我和徐爱相处最长、也是最亲密无间的一段时光。虽然日后在南京我们还要碰面，但再也没有这般轻松自得的心情了。就像我在四明山白水冲写的一首诗中说的那样："野性从来山水癖，直躬更觉世途难。"世途难啊。

现在回想起来，徐爱就是在这次短途旅行中告诉了我那个不祥的梦。那天投宿在四明山中的一个小村，不知怎的话题转到了生死上面。徐爱说，看样子这一生我是活不长久的。我问他为什么这么说。他说他很早以前就做过一个梦，梦里他在衡山旅游，一个老和尚抚着他的背说，你与颜回同德。过了一会儿，又说，也与颜回同寿。徐爱说："颜回只活到三十二岁呀，难道我也只能活到这个岁数吗？半夜醒来每每想起这个梦，我的背总是汗涔涔的。"

记得当时我是这样安慰他的，这只是个梦而已，你也别太敏感了。徐爱说："如果真的让老和尚给说中了，那也是无可奈何的事。现在我只想着能够早日退休，找一个安静的地方坐下来，专门修证先生的学说。如果真能这样，我就没有遗憾了，朝闻道，夕死可矣。"当时说这话时徐爱的脸是那么白，在跳动的烛光下，那张脸真的白得像一张纸。

那天徐爱还劝我，天下学术的沦亡不明，已经好几百年了，现在我们有幸探到了它的踪迹，如果不把它紧紧抓住，终无所成，那不是最痛心的事情吗？希望先生能够早日回归阳明之麓，向天下好学的人们讲述心学之道，以诚己身，又教后人。我对他说，其实这也是我的志向，看着吧，这一天为期不远了。

在我四十五岁那年，兵部尚书王琼的一纸荐书结束了我在南京郁闷不爽的日子，我从鸿胪寺的一个普通文官一跃而成为都察院右佥都御史、剿匪平乱的南赣巡抚。说实话，接到这一出乎意料的任命我是有过片刻的犹豫的。

长年屈沉下僚的经历已让我对建功立业不太抱什么奢望，驰骋于思想的疆场已是我那个时期真正的兴趣所在。当吏部任命我巡抚南、赣的咨文下达时，我找了个理由跑到杭州、山阴，还不想去接这差使。徐爱劝我说：这样不好，现在外面物议方驰，先生还是走一遭吧。您若是放心不下这里的一帮学生，我与几个朋友先支撑着，等着先生办完了事回来。

于是我便在年底动了身，于一五一七年正月十六日到达赣州，正式开府。不久我就收到了徐爱的来信，他告诉我，他已经辞了职，在南京城外买了几间房子、一块地，和几个同学一起等待着我平定暴乱后去过躬耕垄上的快活日子。收到这封让人高兴的信，我禁不住打趣道：新地收获少，那么收税也少，咱们还可以再学学钓鱼。可是现在不行，现在我必须向千山万壑夜发奇兵了。因记挂着他的病，在军务之余，我还发出了好几封信，询问他的身体状况，并嘱他安心静养。

当我在江西、广东、福建三省交界的山地接到徐爱的死讯时，一下就想起了他曾经告诉过我的那个梦。[1]他今年三十二岁，他真

---

[1] 前文及这里说到的预示着徐爱早死的那个梦，最早见于《王阳明全集·年谱一》"十有三年戊寅，先生四十七岁"条下："是年爱卒，先生哭之恸。爱及门独先，闻道亦早。尝游南岳，梦一瞿昙抚其背曰：'尔与颜子同德，亦与颜子同寿。'自南京兵部郎中告病归，与陆澄谋耕雪上之田以俟师。年才三十一。先生每语辄伤之。"上海古籍出版社1992年版。

的如同梦中预言的一样与颜回同寿了,我不由得放声大哭:如今,就是我回到阳明之麓,又有谁与我同志!自我率军入赣,学生们已经星散离析,我说话,还有谁听?我倡议,还有谁响应?我有疑惑,还有谁和我一起思考?呜呼,徐爱一死,我的人生还有什么乐趣!我已经无所长进,而徐爱的境界不可限量啊。天丧我!就让我死掉算了,又何必丧知我最深、信我最笃的学生!

连续两天,因为伤心过度,我竟至哽噎不能食。部下将士和随军的几个学生来劝,我都把他们轰走了。在这万山丛壑中,我的天空变得昏暗无比,只有徐爱才是这无边的黑暗中的一点亮光。本来我还想着,万一我出师未捷身先死了,还有徐爱来实现我的遗志,没想到现在事情倒了个向,要我替他活着了。当我想到四明山中的那个夜晚徐爱劝我的一番话时,我才强抑着悲伤,勉强进食。

我已经想好了,这个冬天一定要结束兵戈,在明年夏天之前,回到故乡,或者山阴的阳明洞。九十高龄的祖母已经数次病危,父亲的身体也一直不太好,我不能不回去。如果学生们还愿意跟从我,那我就继续讲学;即使举世不以我为然,我也要坚持志向,等待百世之后有理解我的人出来。我相信,如果徐爱在天有灵,一定会保佑我纠正我的昏聩,改变我的懒惰,使我们的事业最终得以实现。

四

一百五十多年前的一个夏天，一个雄心勃勃的年轻将领占领了长江北岸一个叫滁的县城，他选择了这个地方观望着蒙古人的政权如开春以后的冰雪一般迅速瓦解。这就是我在一五一三年秋天来到的滁州。那个年轻将领就是太祖皇帝朱元璋。

关于这座小城，他曾以一个战略家的口吻如此说道：滁，山城也，舟楫不通，商贾不集，地无形胜可据，不足据也。离太祖皇帝说这番话已经过去了一百五十多年，当我在这年十月到来时，滁州还是原来的老样子。正是交通的闭塞，使得滁州如同一块未被世人染指的美玉，躺在山水深处。

从正德七年（1512）十二月接到调令，到次年十月二十二日到任，我拖了有十来个月。我这样磨磨蹭蹭，一方面是帝国低下的行政效率允许这样做；另一方面，也是最主要的，是我对这一新职位一点也提不起精神。督马政？让我从京城跑到这里来做个牧马人，这不是开玩笑吗？

这个季节在真正的北方，应该是下雪了吧。然而在这北方偏南、南方偏北的山地里，却是一年中最好的季节。天是那么蓝，蓝得那么深邃。水落石出，叶子黄也是黄得那么好看。被欧阳修和韦应物咏叹过的滁州山水多少消解了我的落寞心情，何况得知我来到此间的消息后一下子来了那么多从四面八方赶来的学生。

我带着他们去游琅玡山，登醉翁亭，玩酿泉之水。每逢月夜，上百名学生手拉着手一起上山，环绕着龙潭席地而坐，饮酒赋诗，振衣起舞，彻夜欢歌，月影之下歌声震动山谷。孔夫子曾经梦想着在沂水沐着春风洗澡，在舞雩台上高歌，不想我在滁州的山水胜境中无意得之。

有人对我这样的讲学方式颇不以为然。但我有自己的想法。如果说读书可以启智，习礼可以整肃威仪，那么大声的歌唱正可以激发起一个人的意志。你呼啸，舞蹈，大声歌唱，正可以把平日里幽抑郁结在胸中的意气宣泄出来，让心成为一个空空的房间，让新思想和新知识进来。所以我这样对他们说，如果你高兴，那就唱吧，跳吧；如果你不开心，那么，也请你唱吧，跳吧。

一天，我带着几个学生在官署周围拔杂草。学生薛侃[1]拿着一把草过来问我："天地之间为什么善难培育，恶难除去？"

我告诉他："像你这样看善恶，是从躯壳起念，肯定是误解。"

薛侃不理解。我继续点拨说："天地生意，花草一般，何曾有善恶之分？你要看花，便以花为善，以草为恶；如果要用草，便以草为善了。这些所谓的善恶，都是因你的好恶而生，所以是错误的。"

薛侃追问："那就没有善恶了？世间万物都是无善无恶的了？"

---

[1] 薛侃（？—1545），字尚谦，号中离，广东揭阳人，世称"中离先生"。曾师从王阳明，第一个将王学在岭南传播。著有《中离集》等。

我喜欢他的这一股拧劲。我这样告诉他："无善无恶者理之静，有善有恶者气之动。不动于气，即无善无恶，这就是最大的善了。"

薛侃还是不服气："这么说来，草不是恶的东西，那拔除它干什么？"

我笑了："草若有碍，何妨去掉？"

在我居留滁州的六个月中，这样的辩诘与争论几乎每天都在进行着。有时发生在学生们中间，我是裁判。有时则发生在我和某个学生之间，其他人或附和，或参与。说实话，这样的话题是永远不可能有个终结的，可是我与我的学生们乐此不疲。在一往一复的语言运动中，我的心时常像一张弓一样绷紧着。这样我的生活才不至于松懈委顿，内心里也不至于像官衙前的那块空地一样总是长满杂草。

这一期间最大的一场争论发生在我与最要好的朋友湛若水之间。那时已经是第二年的春天了，若水出访安南的任务完成，在回京城复命的途中特意来滁州住了几天。在外人看来，我与若水都喜欢谈性谈禅，称得上气味相投，但事实上我们也是和而不同，在北京的时候我们就一直在争论着。

这次在群山环抱中的滁州小城见面，离上次在京城分手已一年有余，执手相看，真如梦寐。可是在接风洗尘的晚宴上，管束不住的舌头又让我们吵开了。

这次我们争论的焦点是宗教和学术有没有一个中心。我认为没有一个中心，即使有也要去尽力消弭它。若水认为有，所有学术的中心就是经典的儒学。直至要送他北上了，我们的争论还是没有了结。若水握着我的手说：真是快意啊！不知以后还有没有这样的机会与你彻夜长谈？

如同河流转过了一个个险滩，生活在此时以前所未有的加速度向前奔涌。在滁州只过了六个月，一纸调令把我调回了南都，出任南京鸿胪寺卿一职。鸿胪寺掌管礼仪，相当于后世的礼宾司，我的官衔是正四品。尽管还是个没多少实际权力的闲曹散官，但毕竟成了正卿，勉强称得上是帝国高级文官，算是资位稍崇了，我对这次升迁还是满意的。这从我赴任的速度就可以看出来。从北京吏部就任南京太仆寺少卿，我用了十个月时间才到任，这次调任南京鸿胪寺，我只用了四天就赶到南京了。

滁州的学生们把我送到长江边上，还留恋不去。我站在船上大声对他们说，老师送你们一首诗吧，听完这首诗你们就都回去。我至今还记得这首诗的前半部分："滁之水，入江流，江潮日复来滁州。相思若潮水，来往何时休？空相思，亦何益？"然后我告诉他们，如果你们想念我，那就好好做各人的功课，只要你们做个有心人，就会随时随地都有所发现。

如果你在宦途上没有太大的野心，希望有名位俸禄又不必像朝中那样钩心斗角，那就请你到十六世纪的南京来。很多人就是这样认为的，南京的簪缨之荣要远胜于北京的实际权力。当然，这样一种官场环境是与一种低调的入仕方式和奢华淫逸的生活方式结合在一起的。

十五世纪二十年代，伟大的永乐皇帝把首都北迁后，为表示对这东南财赋之地的重视，留下了相应的一套行政机构。但既然政治中心搬到了遥远的北方，那么这里所有与北京相对应的政治系统也都成了摆设，来这里做官基本上都是尸位素餐，因循岁月。以太祖皇帝的严峻性格和朝廷的严肃风气，尚没有熄灭这个城市居民寻欢作乐的兴致，一百多年后的今天，享乐主义的风气愈演愈烈，更为炽盛了。如果你有大把的钱，这里的酒楼歌馆、勾栏瓦子足以让你流连忘返。但在我看来，这个城市如此炽盛的享乐主义风气对政治是有腐蚀性的，在道德上也足以让一个良家少年万金销尽后秽名远扬。

饱食终日、无所事事的文官们和学者们开始把多余的精力放到讲会上。他们怀着真真假假的救世目的，聚集各方同志，举行一场场大大小小的宣讲活动，倡导一种新思想和新生命观，一时听者如潮。在以后的数十年里，南京成了中国南方新思想的根据地，就像历史学家黄宗羲在一百多年后总结明代学术史时所说：南都旧有讲学之会，万历二十年（1592）前后，名公毕集，会讲尤盛。[1]

---

[1] 黄宗羲《明儒学案》卷三十六，文渊阁四库全书本。

这是多么豪奢的一场场语言盛宴啊。因为讲会开始不久,还是个新鲜事物,不像后来有固定的讲舍,所以城内外的寺庙、树林、旷野,到处都成了布道和争鸣的场所。帝国的饱学之士或一个个自以为才高八斗的半吊子学者占据了一个个讲坛,用一种体验式的语言来表达自以为玄妙的思想,用口舌的快感抵消现实生活的困顿。这些讲会一般是围绕儒学经典里的某个命题,由一人做主题报告,听讲的学者们也可反驳和相互辩诘。一时口沫纷飞,天花乱坠,听讲的人或哭或笑,或大汗淋漓,这座享乐之城俨然成了一座思想之城。

然而我很快就厌倦了这些聒噪背后的苍白。到南京才半年,正逢京察大考,我连述职报告都没写就提出了回家养病。因为没获批准,我才不得不继续留在南京。

徐爱现在已经是我很好的助手了。[1]这个沉浸在无限的内心体验中的年轻人,跟古时的颜回一样沉静深邃,成了我的学说的一个活样板。更为难能可贵的是,他虽做着兵部郎中,却丝毫不以外在的事功为意,几乎把全部的时间和精力放到了组织同门师兄弟的学习上。他的心简直是一块无瑕的水晶做成的。这一点令我

---

[1] 《王阳明全集·年谱一》"(九年甲戌)五月,至南京"条下,记述了徐爱帮助乃师讲学一事:"自徐爱来南都,同志日亲,黄宗明、薛侃、马明衡、陆澄、季本、许相卿、王激、诸偁、林达、张寰、唐俞贤、饶文璧、刘观时、郑骝、周积、郭庆、栾惠、刘晓、何鳌、陈杰、杨杓、白说、彭一之、朱麓辈同聚师门,日夕渍砺不懈。"上海古籍出版社1992年版。

快慰，也令我羞愧。因为这颗水晶做成的心，也照出了我身上扫帚扫不到的角落的灰尘。徐爱就是拿镜子打比方，这样对学弟们说的：我们的心就是一面镜子，有的明亮，有的浑浊。从前的学术，就像以镜照物，只在照上用功，不知镜子一片浑浊，怎么能照？我们老师的学术，是先打磨这面内心的镜子，在磨上用功，然后再去照亮这个世界。

有这么一个弟子我可是省心多了。从各地聚拢过来的学生我都让他去打点了，自己基本上不怎么管事。在南京的这三年，成了我一生中最逍遥的日子，除了养病、养心，让心体更纯粹、明澈，再就是写信。我迷上了写信，真称得上"疯狂"二字！从少年时代起，任何一件事只要我想做了，我就会倾注全部的热情，这禀性还是一点没改变。如果一天没读到远方来信，或者不写点什么，我就会变得说不出地烦躁。这些信件像候鸟一样，顺着帝国的蛛网般密布的驿道飞向四面八方，当它们飞回时，又带来了各地的消息。

有这样一个信使的故事，说的是一个国王出发去巡视他的疆域。他带了七个信使，每到一站，就派遣一位信使返回京城报信，再把京城的消息带给他。开始的时候，他以为只消几个星期就可以到达王国的边境，但实际情况并非如此，王国的疆土无垠地伸展着，尽管他马不停蹄地赶路，似乎永远也走不到尽头。随着离京城越来越远，信使往返的路途也越来越远。渐渐地，一个信使的到来和另一个信使出发之间出现间断,而且间断的时间也越来越长。长时间的等待中,他终于明白,当第七位信使从京城返回到他的身边的时候,或许那时他已经死了。而这试图探索世界的边界的计划,是那么的愚蠢……

如果我也有那么多个信使的话,这二十多年来他们的踪迹就会像一张蛛网覆盖住帝国南部广袤的土地,从沿海的浙江,越过江西、湖南,直至贵州和广西。他们从我曾经驻留的一个个地方奔向我的家乡,奔向我的学生和朋友们居住的一个个城市乃至遥远的京师,再把他们的询问、祝愿、思念次第送到我的手上。这一封封信,带着途中的尘土和雨水的痕迹,穿过河流、山脉和树林,它们是我感知世界的触觉,也是这让人欲爱欲恨的世界需要我的一个明证。

只有徐爱知道我是因为孤独。是啊,孤独,它就像荒草一样不可抑制地生长。说来你可能不信,我在热闹的南京城,竟会感到从未有过的孤独。

五

世界如此荒凉,只能培养一颗冷漠的心。在如此贫乏的时代,在如此贫瘠的山岩上,我却开出了一树好花。这不是意志的力量又是什么呢?很久以前,我曾这样向贵州的学生们解释心的作用:心,是天地间一轮光明的月亮,有了它的照耀,世界才会变得亮堂。当时正走在山道上,我指着路边山岩上一株葳蕤的树,向他们打了这样一个比方——我喜欢用浅近的比方来说道理:比如这岩中花树,你没有看到它时,它与你同归于寂,但当你一见它以后,这世界便会分明起来。由此可以知道,这花与树本来就在你的心中,世界本就在心中,除了心,还有什么呢?①

可惜不知是我在贵州的学生太过愚顽,还是我讲得太过深奥,听了这话,他们面面相觑,就好像我在说的是他们所不懂的另一个星球的语言。

倒是一个六十八岁的老人,对我的这个比喻一下子就领会了。这再一次证明对新思想的领会是没有年龄界限的。只要有心,你就会得到。老人姓董,自称是个民间诗人,从海宁来会稽游玩山水,在中天阁听了我的一次讲座后,就不走了,非要拜我为师。我那年五十三岁,因他年长我十五岁,开始不敢收他。他不容我拒绝,说回家料理一下,马上就来受教。

两个月后的一天,天下着大雪,他来了。戴着一顶竹笠,用拐杖挑着被铺和书卷,为了防雪天路滑,布鞋外面还套了一双草鞋。我握住他的手说,老先生这么大年纪了,何必搞得这么辛苦呢?他说,以前我一直在忧悯中过日子,苦于找不到一条路脱离苦海,今天我找到了老师,怎么可以离开您,重回樊笼中去呢?

---

① 参见《传习录》下卷,《王阳明全集》卷三《语录三》,上海古籍出版社1992年版第107—109页。

一次听讲，他提的一个问题让底下哄堂大笑。他说他帮弟弟贩粮食，赔了老本，连累了许多人，问这是不是自己不老实之过。我告诉他，认识到不老实正是"实致良知"的结果，否则，"却恐所谓老实者，正是老实不好也"。我称赞他是"赤子依然混沌心"。我这样对嬉笑成一团的学生们说，一个年近七十的人，因听到了一直想听而听不到的声音就真诚地当学生，这才是真正的大勇。在这样的大勇面前，我们都应感到羞愧。

绍兴知府南大吉①来找我忏悔，说自己一身的错误，不知从何处用功。我说，过去这面镜子还没有开光，可以藏污纳垢，现在镜子亮了，就是落下一粒细小的灰尘也会很醒目。我断言他的思想已经发展到了一个关键的时机，此时千万不可松劲。

南大吉生性豪犷，对官场那一套或潜或显的规则不怎么上心，有一次考察时还被同僚揪住了小辫子。但他每次给我来信从来不提那一套，只是请教如何陶冶道德。在一次讲会中，我让学生们传阅了他的信，并告诉他们："昭明灵觉，圆融洞澈，廓然与太虚而同体。太虚之中，何物不有……"

学生中有个叫杨茂的聋哑人，与他交流只能通过笔谈。一次我问他："你口不能言是非，耳不能听是非，你心中能知是非吗？"

杨茂写道："知是非。"

---

① 南大吉（1487—1541），字元善，号瑞泉，渭南（今陕西渭南）人。武宗正德六年（1511）进士。世宗嘉靖二年（1523）以部郎出知绍兴。

我说:"大凡人只是此心。此心若能存天理,是个圣贤的心,口虽不能言,耳虽不能听,也是个不能言不能听的圣贤。此心若不存天理,是个禽兽的心,口虽能言,耳虽能听,也只是个能言能听的禽兽。"

杨茂拍拍自己胸口又指指天。我明白他的意思是此心可对青天。我又说:"你如今于父母,但尽你心的孝;于兄长,但尽你心的敬;于乡党邻里、宗族亲戚,但尽你心的谦和恭顺。见人怠慢,不要嗔怪;见人财利,不要贪图。但在里面行你那是的心,莫行你那非的心。纵使外面人说你是非,都不须听。你口不能言是非,耳不能听是非,省了多少闲是非。凡说是非,听是非,便生是非,生烦恼。你比别人省了多少闲是非闲烦恼,你比别人倒快活自在了许多。"

最后我告诉他:"我如今教你但终日行你的心,不消口里说;但终日听你的心,不消耳里听。"

王畿①是我的同乡。我归越讲学时,二十岁的王畿是山阴城里一个有名的赌徒。我很喜欢这个少年身上的任侠气概,想约他见面。可是他一口就拒绝了。

---

① 王畿(1498—1583),字汝中,号龙溪,山阴(今浙江绍兴)人。为王阳明最赏识的弟子之一。曾协助王阳明指导后学,有"教授师"之称。历官南京兵部主事、武选郎中,因其学术思想为当时首辅夏言所恶而被黜,后来往江、浙、闽讲学四十余年,其著述和谈话,后人收辑为《王龙溪先生全集》二十二卷。

后来我用六博的投壶游戏把他吸引了过来。他感到很奇怪，一个教书的也会赌？我的学生告诉他：这你就不知道了吧，自从我们投入老师门下，天天都赌，而且赌的花样也多，好不快活。我与他下了一局象棋，并让他输光了所有的钱，于是他就跟着我受业了。他年纪不大，天资聪颖，很快就成了我门下最有悟性的弟子之一。多年后他会试中了进士，却突然南返，致力于讲授教学。

　　成年后的王畿越来越像一个使徒。他这样告诉我他对未来的设想：一生中的前四十年用于成长，修习自己的思想，后四十年再致力于讲会。最近几年里，他的声誉在我的弟子中呈直线上升趋势，我已经听到有人在这样说他：满腔热情，缠绵固结，生生死死而不能自已。

　　后来成长为一个学派领袖人物的王艮①，他奇特的经历在当时就成了一个传奇。他出生于扬子江北岸的泰州城，本名王银，自幼家境贫寒，只得去海边做了一个煮盐的苦工。据说他曾经从菜市场上的一缸泥鳅、黄鳝中得到过启示，人活在这个世界上，就像鳅鳝同存于一缸，他要做那纵横自在、快乐无比的"鳅"，就要

---

① 王艮（1483—1541），字汝止，号心斋，泰州安丰场（今江苏东台安丰）人，学者称其为"心斋先生"，是王阳明的重要弟子之一。灶籍出身，做过小商贩，布衣终生，所创泰州学派，主张"百姓日用即道"，是我国思想史上有着早期启蒙色彩的学派，有其门人收辑的《王心斋全集》传世。

翻江倒海，让精神从懵懂中得以苏醒。后来他做了一个奇怪的梦。在梦里天快要塌下来了，地上的人奔走呼号，像蚂蚁一样乱窜，他举起双臂把天托住了，并把乱了次序的星辰重新排列整齐。梦醒后的王艮大汗淋漓，他觉得这个梦向他暗示了什么。他郑重地记下了做那个梦的时间：正德六年间，体仁三月半。

他从此就决定在这个梦的指引下生活。于是泰州城里的市民们看到了这样可笑的一幕：这个从前的煮盐工人穿着式样古怪的自制古装（据说具体式样来自上古时代的典籍《礼经》），峨冠博带，手执笏板，像一个戏子一样，旁若无人地在大街上踱来踱去。

一五二〇年春天，这个冒牌的古学士跑到赣州。他成为我学生的那一幕颇具戏剧性。他穿戴起那套标志性的古衣冠，手执象牙笏，来到巡抚衙门。当我出门迎接时，他乜斜着眼看了我一眼，就直上大堂，一点也不谦让地坐在上位。

我拼命抑制着才没让自己笑出来。我问他："你戴的是什么帽子？"

"有虞氏冠。"

"穿的是什么衣服？"

"老莱子服。"

我问他：你为什么穿这种怪兮兮的古代服装呢？他说：你不知道老莱子吗？他可是古代有名的大孝子，我穿他这种式样的服装，就是为了表示我对父母的孝心。

我问:"你的孝,能够贯穿昼夜吗?"

他翻了一下眼白,好像怪我多此一问:"当然能。"

我笑了:"那么,白天你穿上这套怪装时是孝的,到了晚上,你脱下衣服睡觉时,就是不孝了,你的孝怎么能够贯穿昼夜呢?"

他这下慌了,急忙辩解:"我的孝是在心上,怎么会在衣服上呢?"

我说:"既然你的孝是在你心上,不在衣服上,那为什么要把衣服穿得这么古怪呢?可见你还是执于皮相了。按照致良知的观点,人的一切都应该是本真性情的自然流露,所谓行不掩言,有必要搞得大街上的人都像看猴子一样看你吗?"

我注意到,在整个谈话的过程中,他以一种不易察觉的动作把座位一点点地往下移。他似乎为刚进门时的妄自托大感到了懊恼,但又不好意思明白地说出来。等到听了这话,他一言不发,恭恭敬敬地把我请到上座,自己在一侧坐下。想想又觉得不妥,垂手站到我面前,说要让我收下他这个学生。我看这个狂人,倒也天真可爱,就答应了他。没想到第二天一早他又跑来了,说回去后思前想后一夜都没有睡好,觉得我说的良知也满是漏洞,现在后悔了,不想做我的学生了。

我告诉他,不轻信盲从是对的。我希望他能说说有哪些漏洞。王艮说:"你说良知是人的本性的流露,我问你,如果人要作假,不肯把内心里的东西亮出来,那又怎么办呢?"

我说，比如你昨天刚拜我为师，今天又不想做我学生了，这就是你的真性情的自然流露。人的性情是靠培养的，要达到潇洒磊落、适然自得的境界，那更需要有强大的意志力。诚然，这个世界是为物所蒙蔽的，但我们还是要凭借意志的力量从中超拔。有了这种力量，你就自由了，你要深入到物的内部或者飞翔于物的世界上空，也都不是不可能了。

王艮一直都以为我是因为他的狂才收他做学生的，在同学面前时有狂态流露。我把他找来，告诉他狂仅仅是率真的一种表现，是外在的、皮相的东西，如果你只是满足于狂放而不注意约束自己，你到死也只能是个狂人。王艮听我说这话，汗都出来了，他说，老师您就看我的行动吧。

我说：既然你做了我的学生，你的心中就应该拔除一些金银的成分，增加一些道德的成分。这样吧，我把你名字银字的偏旁去掉，变成艮。艮者，坚实、牢固之意也，你以后要自强不息、坚固不拔才好。

有一次他出游回来，我问他一路看到了什么。他说：我看见满街都是圣人。我笑了：你看满街是圣人，满街人倒看你是个大圣人呢。

我对学生们说，以前我擒获了朱宸濠，心都没有动一下，今天为了这个人，我是心动不已啊。

当王艮自以为明白了我说的日常皆道后，有一天他对我说，老师您的学问是天下千年才得一显的绝学，怎么可以有人不知道呢？他打定主意要做我的思想宣传先遣队，周游各地，代我向天下人布道去了。

有一天他问我春秋时孔子周游列国的车是什么式样的，是牛车还是马车，车轴和车把以多大直径为好。我不知道他的脑袋里又有了什么古怪想法，笑而不答。没几天，他就自己买了一辆车，按照古代的式样重新改装，说是叫什么蒲轮车，还是古代朝廷招聘隐居的有德之士专用的车呢。

他坐着这辆车一路招招摇摇跑到了京师。他这副怪模样，可把那些在京的同门吓得不轻，他们唯恐这个疯子做出什么事来，一个劲地催着他离开。后来我听京城的学生说，这个疯子还要向皇帝上书——他还真的什么都干得出来！——幸亏他们及早发现，将其拦下，那辆让他出足了风头的式样古怪的蒲轮车也被藏了起来。

尽管后来他给我带来了数不清的麻烦，比如，京城一班大佬对我的思想"痛加裁抑"，但在当时，他这一不怕出丑的行为好歹是让他大大地露了一把脸。唉，这个人总是那么喜欢作秀。意志太高，行事太奇，或许这就是他的性情吧。

他从京城归来不久，就想来看我，被我拒绝了。这个人这般的天王老子都不放在眼里的心态和离奇的行事方式，总有一天会把我自己都搭进去的，如果不好好调教，说不定哪天就会闹出乱子来。

但就在我拒绝见他的第三天,我送客出门时,就见他长跪在道旁谢罪。我故作不见,头也不回地进门去了,他竟随后膝行着追至庭院,嘶哑着嗓子喊:"仲尼不为已甚!"我知道,这句来自《孟子》的话在他肚子里憋了好久,他是怪我对他太苛责、太不宽厚了。唉,这个人啊,那么多学生里也只有他敢这样说我。我叹了口气,还是把他扶起来了。①

那时候我已经预见到,我的思想会因这个人风行天下,也会因这个人一点点地失去本来的面目。②

我交出江西的军务刚回老家时,因为过度的伤痛,再加上各种诽谤的刺激,致使心力交瘁,终于加剧了这么多年一直鬼魅一样附在我身上的肺病。我写了个揭帖,说自己"鄙劣无所知识,且在忧病奄奄中",故有人登门一律不见。③但面对从四面八方赶来的那一张张热诚的面孔,我很快就自己打破了这个戒律。

---

① 有关王艮的事迹,可参看《明儒学案·王心斋传》(中华书局1985年版)、《王心斋全集》卷首年谱等。
② 黄宗羲《明儒学案·泰州学案》序:"阳明先生之学,有泰州、龙溪而风行天下,亦因泰州、龙溪而渐失其传。"
③ 《王阳明全集·年谱三》"嘉靖元年壬午,先生五十一岁"条下:"先生卧病,远方同志日至,乃揭帖于壁曰:某鄙劣无所知识,且在忧病奄奄中,故凡四方同志之辱临者,皆不敢相见;或不得已而相见,亦不敢有所论说,各请归而求诸孔、孟之训可矣。夫孔、孟之训,昭如日月,凡支离决裂、似是而非者,皆异说也。有志于圣人之学者,外孔、孟之训而他求,是舍日月之明,而希光于萤爝之微也,不亦谬乎?"

我告诉我的弟子们,只要你内心里有一点真诚,你就可以大胆生活,不必靠儒学的那些大道理,只要你相信真诚并让它时刻充满你的内心,你就一定会得到良知带给你的快乐和宁静。"决然以圣人为人人可到,便自有担当了。"长久和他们相处,我已经学会了因势利导、因材施教,狂者就从狂处成就他,狷者就从狷处成就他。我就像一个好的花工一样勤劳地侍弄着我的花园,并从中得到无穷的乐趣。

学生邹守益①要回江西去,送走他后,好多个日子后眼前还是他的音容笑貌。一天夜里,我与别的学生在延寿寺秉烛夜坐,一想起他来还是怅惘若失,说"江涛烟柳,故人倐在百里外矣"。我这样伤感让陪坐的几个弟子感到奇怪。他们不知道,他们每一个都让我牵心。

过了父亲的守丧期,嘉靖三年(1524)的中秋节,我在绍兴城内天泉桥的碧霞池上举行了一场盛大的宴会,款待我的来自全国各地的一百余名学生。酒喝得半酣,歌咏声起,人们都敞开了性子,有的投壶,有的击鼓,有的泛舟,还有的亦哭亦笑,涕泪满面。此情此景让我想起了著名的《论语·侍坐》,想起了我在这个世界上已经度过、再也不会回来的岁月,一时悲欣交集,嗒然失言。

---

① 邹守益(1491—1562),字谦之,号东廓,安福(今江西安福)人,正德六年(1511)会元,官至南京国子监祭酒,谥文庄。

是不是过度的兴奋和过度的悲伤都会让语言失去功效？既然命运里注定要出现的那片阴云现在还远在天边，那就喝吧，喝。我对身边的几个人说，要记住，人只能活一次啊。只有一次。你们要守住自性，莫辜负这只有一次的人生，千万别学那些汉学家、理学家，只做支离破碎的死学问，一辈子说糊涂话，一辈子做糊涂事。

"铿然舍瑟春风里，点也虽狂得我情。"我对着月亮，用越地土腔的调子吟唱起那个希望在春风中唱歌、在沂水中沐浴的曾点。

我的歌声激起那一夜更大的一轮狂欢。

第四章 明 心

嘉靖七年（1528）十一月

江西青龙铺

风雪梅关——一个谁也不愿接的球—最后一场讲演—背后捅来的刀子—梦见像一块滚石—我永远也等不来信使了—所有的疾病只不过是变相的爱—此心光明，亦复何言

一

阴云低垂，远山失色。天与山交接的边缘处，如缕的轻霭被大风吹散，山体裸露出稀薄的皱褶。我从昏睡中醒来，勉力从竹躺椅上支起身子，问两个抬着我的军士此地是何处。

王大用从后面策马过来，告诉我前面就是梅岭了。我还想跟他说些什么，一阵北风呛得我没命地咳嗽起来，身子在竹躺椅上蜷成了一团。咳咳咳，咳咳，咳咳咳咳，咳咳咳咳咳咳咳咳咳咳咳，咳咳咳咳咳，咳咳咳咳咳，咳咳咳咳咳，咳咳咳咳咳。我觉得我的身子咳得就像一只快要翻转过来的口袋。我还觉得我的内脏全部吐出来了，肺、肝、胃、胆囊、心脏，红红绿绿地滚了一地。

我大口地喘息着，就好像有谁暂时把堵在我喉咙口的一块大石头挪开了。我刚才的脸色一定很骇人，因为在我没命地咳嗽的时候，军士们全都像施了定身法一样站住不动了。王大用跳下马，走过来替我掖紧松开了的床单。透过一层泪膜，我看着他的脸越移越近。他好像知道我要说些什么，凑近我的耳朵，小声说：先生请放心，您的寿材我一路都带着呢。

山脚下，驿路两边是一大片水田。那一洼洼破碎的镜子里，映照出的也是天边的阴云。收割过后的大地干干净净，中间夹杂着几处枯黄，就像一块块掉了毛的狗皮。偶尔有鹭鸶被人声惊起，一两片羽毛打着旋儿落下来。

从广西南宁至广州、韶关,就这么不紧不慢地走着,不管是水路还是陆路,都是日行五十里。不敢走得太慢,是因为我预感到身体快不行了,怕这把老骨头真的扔在了路上。也不敢走得太快,一是病体受不了剧烈的颠簸,但更主要的是十月初我打给皇帝的病休报告还没有批下来,我希望能够在广州、韶关一带等到皇帝准许我返乡的命令。

在长长的《乞恩暂容回籍就医养病疏》中,我向皇帝详述了必须回去就医的原因。八年前,我在南赣剿匪时就中了炎毒。咳嗽不止,回乡将养的几年里,稍微好了些,但一遇炎热还是会发作。这次来广西平息边地民众的群体性事件,本来是带着一个医生的,但医生不服水土,早已得病回老家了。军中事务繁忙,炎毒更甚,又得不到及时的医治,遂遍体肿毒,昼夜咳嗽不止。脚上长疮,无法直立行走。在南宁又添了水泻,吃不下饭,每天只能喝几勺粥,稍多就呕吐肚泻不止。更要命的是折磨我多年的肺病越来越厉害了,常常透不过气来。我对皇帝说,我这番请求回乡养病也是大不得已,再说仰仗圣威,广西的匪乱已经平息,您就发发慈悲,可怜可怜我这濒危老人吧,让我残喘幸存,再鞠躬尽瘁——"臣不胜恳切哀求之至!"[①]

[①] 《王阳明全集·年谱三》"七年戊子,十月"条下:"先生以疾剧,上疏请告……疏入,未报。"上海古籍出版社1992年版。

一场南下的寒潮加剧了哮喘，蔓延到全身的肿毒又迟迟不退。我的身体一日不如一日，可批文却迟迟不来。后来我才知道，我这篇写得涕泪交加的乞骸骨奏折根本没有送到皇帝跟前，它在漫长的公务运行的某个程序上被人扣压了。皇帝跟前的红人、马屁精、无耻小人桂萼出于不可告人的目的，把我的手本留中不发。当我得知这个消息时，眼前就浮现出了桂尚书那张专门算计人的脸上阴恻恻的微笑：你不等朝廷准假就径奔老家，我偏匿而不发，坐成你个擅离职守之罪。事已至此我也想明白了，随你们怎么去搞吧，我就是死也要死到老家去。

广东布政使王大用是我的学生，离开广州前，我对他说，你知道三国时孔明出祁山前托姜维的故事吗？王大用怔了怔，说先生多虑了，事情还不至于坏到这地步吧。我说，我已经预感到此行凶多吉少，你就按我说的去准备吧，如果我在途中死了，你一定要把我的灵柩护送回我的老家山阴。王大用含泪答应了，他找来了城中最好的木匠，为我打制棺材，并亲自带着亲兵日夜监工。

在大庾岭下时，天就飘起了雪花，顺着驿道进山愈深，雪下得愈大了。大团大团的雪花如同扯碎了的被絮，铺天盖地地落下。我看着雪自北向南落下。雪自西向东落下。草尖和矮树上很快积了薄薄一层。

路是黑的。草树是白的。我看着雪后面铅色的天空和黑黑的山脊。雪开始落下是斜着的。风把它们的身子吹斜了。雪下大了，是缓缓的，直直的，落下。细小的雪比大片的雪落势要快。细雪，雨夹雪，看着它们时间是这样走动的：嘀嗒，嘀嗒，嘀嗒。大片的雪落下来把时钟的脚步滞住了，它走动的声音变得缓慢：嘀——嗒，嘀——嗒，嘀——嗒。越来越慢。慢。慢下来。慢。更慢。睡眠一样的慢。我坐在竹躺椅上，感觉一整个世界都在落下。

我对王大用说，常言道，岭南瘴气重，岭北寒气侵，雪花不过梅岭关，今年怎么岭南也下起了这么大的雪？

王大用说，我在广东这么多年，岭南下这么大的雪也是头一回见到。

到了梅关城楼，地上已积雪盈寸。士兵们生起了火。围着火堆一边跺脚、哈气，一边诅咒这鬼天气。裹尸布一般的天幕下，山线已看不分明，但我知道，山的那一边就是江西地界了。

我强撑着下了轿，看着这座石头小城的城堞上"梅关"两个大字，不由一阵晕眩。多亏站在一边的王大用眼疾手快，一把拽住，我才没有摔倒。一瞬间我的内心产生了一种永眠的预感。那是世界万物的静止，就如这眼前的冰雪世界，那是生与死都失去意义之日和一切都变成虚无的时代的来临。这种我刚刚体会到的一切皆空的感觉犹如一个将要出世的婴儿在我体内躁动。我长叹了一声。

王大用提议在梅关宿过一晚再走，一来兵士们累了，让他们歇歇脚；二来呢，岭北的雪更大，路也更不好走。但我是一分钟也不想在路上耽搁了，催着他赶紧动身。

漫天的大风雪中，一行人马又出发了。见我的脸色越发青紫，王大用把他的一件大衣披到了我身上。我把目光投向那黄昏降临前的半明半暗中，看到的是无数像灰尘一样悬浮着的往事。冰凉的雪片落到我脸上，落进我眼里，才把我从这幻觉中召回。我怕一睡过去就不会再醒来，强打着精神不断地说话，好驱走不停地想要附到我身上来的睡魔。可是，他们都把我的话当作了一个高烧病人的呓语。

我大声对王大用说：请你不要用这样的眼神看着我，我现在很清醒，可以说是从未有过的清醒。人生不过是一场充满了喧哗与骚动的白痴的盛宴。人生是坐在一辆马车里向前飞奔，有人的座位是向前的，时刻关注着即将到来的未来；有人的座位是朝后的，注视着逐渐远去的过去。看来，从今往后，我的座位只能是朝后的了，我再也看不到前面的路了。

王大用听我说着这话，脸上的神色先是惊愕，继而悲伤。我说得那么软弱，就像换了一个人。他都不知道该说什么话来安慰我。

他不知道我说这话时已经看见了死神的影子——死神，那是无数白色包围着的一张白色的脸，没有五官，也没有表情——它正在前面的关隘等着我。

二

在把我弃置六年后,帝国朝廷终于又想到把我从陈旧的工具箱里找出来,使上一使了。嘉靖六年,时维一五二七年九月,朝廷命令我以南京兵部尚书兼左都御史的身份领兵出征广西,去平息思恩和田州一带爆发的动乱。①

三年前,我父丧丁忧期满,那时就有不少朋友和学生举荐我,盼望我能够重新出来工作,我也多次表达过这种意向。但那些荐举和呼吁全都石沉大海了。这次去广西,依然是靠那几个朋友和学生走通了后门。在他们看来,西南有事,正好为赋闲多年的老师重新找一个工作,而对朝廷大员们来说,也正需要有人去填这个窟窿,于是他们乐得做顺水人情,把这个谁也不愿意接的球转踢给了我。

广西思恩、田州一带的动乱由来已久。改土归流是本朝处理民族事务的一项基本国策,但在广西推行的时候遇到了很大挫折。流官出现后,反而矛盾日起,无休宁之日。嘉靖四年(1525),田州府下属的土司岑猛作乱,想脱离朝廷的控制,朝廷派右都御史姚镆出兵征讨。用了一年多时间,姚镆攻杀岑猛,田州改设流官,

---

① "嘉靖六年,思恩、田州土酋卢苏、王受反。总督姚镆不能定,乃诏守仁以原官兼左都御史,总督两广兼巡抚。"《明史·王守仁传》,中华书局1974年版。

看起来事情已经平息，但不久余渣泛起，再加上思恩也起来反叛，更使事态恶化了。姚镆再次纠集四省兵力征讨，费了好大劲也没扑灭。

在这个问题上，我认为姚镆明显是处置失当，把事情做得过头了。"劫之以势而威益亵，笼之以诈而术愈穷。"你把土官都杀了，改土为流，实在是埋下了一颗祸患的种子。

不管出于好心还是歹意，这个球现在是传到我跟前了，是接还是不接？一五二七年的夏天在犹豫中过去了。我承认对于事功还是有兴趣，就像老了的男人只要有机会还是会追逐漂亮的女人。老死牖下不是我的心志。再说我五十六岁，也不算太老。

但恕我不敬，朝廷的无信无义我也是领受过多次了。六年前我领兵去江西平叛，跟着我的将士班师后，除了吉安知府伍文定得到升迁，其他的不仅得不到封赏，还被审查来审查去，连我自己也被泼了一身莫须有的脏水。往事历历，至今想来还让人齿寒不已。

我蛰居山阴期间，朝廷爆发了一场纷纷扰扰的大礼议之争。即位没几年的嘉靖皇帝朱厚熜（众所周知，他是本朝继成祖之后以藩王身份旁支入主的又一位帝王），为了维护他皇权继承的合法性，要把他的生父兴献王朱祐杬尊为兴献帝，为他修纂一本子虚乌有的实录，并在湖广安陆州（今湖北钟祥）建造气势恢宏的显陵。一些持反对意见的人则认为，他应该尊传位给他的武宗的父亲弘治皇帝为皇考，而不应该追尊私亲，乱了朝廷纲纪。

这一沸沸扬扬的政治事件波及了整个朝野，廷臣分成了"议礼派"与"护礼派"，争论不休，历时达三年之久。当然，最后的赢家是皇帝，他所有的意愿都实现了。那些反对派成员不是被打了屁股，就是遭到了流放。

现在把持权柄的首辅杨一清和新晋吏部尚书、大学士桂萼都是这场争斗中的大赢家。有他们在上面待着，看来就算我做出了惊世业绩，也仍然不会有好果子吃。尤其是那个桂萼，是个不折不扣的火箭式干部，原来只不过是个小小的南京刑部主事，因为拍马功夫一等，新近才蹿到高位。此人的喜怒无常、心胸狭隘，我在南京时就有所耳闻。

让我犹豫不决的还有两个牵挂，一是讲学到了现在，也算是初步走上了正轨，此时中断，难免发生不测的变化。再一个让我放心不下的就是妻子张氏和才三岁的儿子。小家伙虽说已三岁虚龄，实则刚满周岁。张氏因是继室，在王家立足未稳。把他们抛下，只身远赴西南，我还真是不舍。

思虑再三，我向朝廷上了一封谢绝书，奏称自己这几年身体一直不好，痰疾增剧，若是半路死了，那可就坏了国家大事。而且我认为广西土官之间的仇杀，不像土匪啸聚，时刻都在涂炭生灵，相对而言容易调停。朝廷不妨让处置此事的姚镆全权负责，再给他一些时间，徐缓图之。如果姚御史实在不行，我还向朝廷推荐了两个我认为有能力处理此事的官员。

到了九月,圣旨下,撤掉了姚镆所有职务,命他居家思过。又命我以南京兵部尚书兼左都御史,总督两广兼巡抚,同时给以处置事变的全权,也就是说,该剿该抚,该设流官还是土官,都让我随宜定夺。最后还有一句,不得推辞。

这一下给逼得没了退路。九月初八,我在几个贴身弟子的陪同下离开山阴,向着钱塘进发。一路上我的心情都轻松不起来。我是担心像姚镆一样断翅折翼、无功而返吗?不是,因为广西的边患在我看来只要措施得当是不难平息的。那么我是牵挂我的家人、我的弟子们吗?应该说我都已经做好了安排。我委托了我最信任的几个朋友和弟子,请他们代为照顾我的妻儿。临行前,我还为此间的弟子们写了一篇名为《客座私祝》①的学规,提醒弟子们远离狂躁惰慢之徒,禁止赌博饮酒,并欢迎天下道德高尚之士来此讲学论道。那还有什么让我不安呢?

在杭州等待开拔的闲暇里,我登上了城南的天真山。我很喜欢山上的奇岩古洞,有一种不事雕琢的天真,就是那些老树、枯

---

① 《客座私祝》:"但愿温恭直谅之友,来此讲学论道,示以孝友谦和之行,德业相劝,过失相规,以教训我子弟,使毋陷于非僻;不愿狂傈惰慢之徒,来此博弈饮酒,长傲饰非,导以骄奢淫荡之事,诱以贪财黩货之谋,冥顽无耻,扇惑鼓动,以益我子弟之不肖。呜呼!由前之说,是谓良士;由后之说,是谓凶人。我子弟苟远良士而近凶人,是谓逆子。戒之戒之!嘉靖丁亥八月,将有两广之行,书此以戒我子弟,并以告夫士友之辱临于斯者,请一览教之。"《王阳明全集》卷二十四,外集六《说·杂著》,上海古籍出版社1992年版。

藤、溪流，看着也是好的。我对随同登临的王畿和钱德洪说，此山左抱西湖，前临胥海，正是我心目中的福地。两人点头称是，说他们这就回去准备在山上建立一座书院。他们送我到富阳县，分别的时候，他们又说，老师，等您回来，我们这书院就造起来啦，到时您的讲席就要移到西湖边上来啦。

这几年，有关我入阁的吁请在朝中越来越强烈，朋友和弟子们的好意，我当然心领，但他们这样做无异于把我放到火上烤。他们越是提议，怕我入阁分权的大佬们对我的打压越是厉害。要不是这样，我也不会在丁忧期满后还被雪藏那么久了。

我曾经在给黄绾和方献之的信中，婉转地请他们不要再举荐我了，但我的这些话被他们当作了一个品行高洁之士的自谦，一有机会举荐得更加起劲了。为了打消大佬们的顾虑，也便于到了广西后开展工作，我在途中给当朝宰辅杨一清写了封信。我告诉杨大学士，我此次事毕，若病好了，您就让我当个散官吧，譬如去国子监做做教学和研究工作，我就感激不尽了。

这当然不是真心话。但除此以外我又有什么法子让他们放松对我的钳制呢？在给黄绾的一封信中，我吐露了我的忧虑：几年前参与平宁王的湖、浙及南京的有功者均已升赏，唯独出力最多的江西将士，至今还勘察未已，有的废业倾家，有的身死牢狱。他们已失意八年了，但我现在刚接手军务，又不能替他们公开说话，一说就成了向朝廷要挟，奈何，奈何！我还这样对黄绾说，这次西南边陲的叛乱，在我看来只不过是小小的疮疥之疾，而"群僚百司各怀谗嫉党比之心，此则腹心之祸，大为可忧者"。

一路都有相识和不相识的弟子前来迎候，这与二十年前发配龙场时的形只影单实在不可同日而语。船到广信，有好多弟子沿途来见，我只得告诉他们，眼下军务在身，不及一一相见，等办完了广西的军务，我们师生再来好好相聚。有个叫徐樾的年轻人，从贵溪到余干追了我十几里地，船行得慢，他也跑得慢，船行得快，他也跑得快。

我看天都快黑了他还不肯歇步，只得让他上了船。我一眼就看出来此人练习打坐已有些功底，只是未到火候。我让他举示一下心中的意境。他一口气说出好多，都不大对头。我指着船工刚刚点亮的蜡烛，对他说，光，是无处不在的，譬如说这根蜡烛，你不要以为光只在烛上。我指指船里被烛光照亮的角落，对他说，你看，这里是光，那里也是光，你再看看船外的水波，那被映得像铁炉一样发红的，不也是光吗？他听到这里笑了起来，越笑越大声。我也看着他笑。

在南浦，以及当年我主持修建的新溪驿，我受到了当地父老壶浆相迎的高规格礼遇。这实在让我惭愧。到了吉安，在简陋的螺川驿站，我给早就等候着我的三百多个士子做了一场学术报告。我当时一点也没有预感到这是我的最后一场讲演。

我站在简易搭就的讲台上，看着下面挨挨挤挤的人头，胸中涌起一种久违了的冲动。我这样对他们说——同时也是自省：上古时代的尧舜是生知安行的圣人，还兢兢业业，我们只有困知勉行的资质，却悠悠荡荡，坐享生知安行的成功，岂不误己误人。这场讲演最后归结到了一个人的日常生活，也就是我平常说的日用皆道上去："工夫只是要简易真切。愈真切，愈简易；愈简易，愈真切。"

当我走下讲台时，才觉得站久了的双脚像灌了铅一样沉重，大脑也呈现出兴奋过后短暂的空白。每次激情过后总是这样。我以为只要注意休息就会很快度过这段不适期。然而，接下来的几天里，不知是路上劳累还是水土不服，或许是两者兼而有之吧，疲乏感还是没有消失。更要命的是脚上还长了疮，随行的医生给敷了几次药，也没控制住伤口溃烂。他自己反而病倒了，不得不中途回去了。

三

梧州在汉代叫苍梧郡，属交趾郡。这里虽是蛮荒之地，却是帝国的西南屏障，再加多民族杂居，历来是一块敏感地带。

十一月下旬，我到梧州开府，即向朝廷报告我的下一步计划。那就是以抚为主，去掉流官，保留土官，因为"流官之无益，断可识矣"。考虑到这里与交趾国接壤，我认为应该安抚深山绝谷中的瑶族土著，借其兵力而为中土之屏障，如若把他们全杀了，改土为流，则实在无异于自撤藩篱，滋成边境大患。

可是桂萼这个政治暴发户却好大喜功，竟然命令我镇压瑶族，再攻打交趾。我在给朋友方献之的信中说："然欲杀数千无罪之人，以求成一将之功，仁者之所不忍也。"

到了第二年初春，我带着当初姚镆调来的两万多湖南兵向田州进发时，岑猛余部卢苏、王受很害怕，我便派人去劝降。为了打消他们的疑虑，我又遣散官军以示诚意，再度敦促他们率众归命南宁城下，分屯四营，发给他们归顺牌，等候正式受降。

正月二十六日那天，卢苏、王受身穿囚衣，让手下人绑缚着来到总督军门，求我免他们一死。

我对两人说，我既然允许你们投降，岂能言而无信，但你们拥兵负险，骚扰地方多年，一点不责罚又何以泄军民之愤？于是把他们各打了一百板子后，解开缚着的绳索。

我说，免去你们的死罪，是朝廷的仁义，打你们的屁股，是我执法者的理义，你们自己掂量吧。两人流着泪跪在地上说，有您这番话，以后再也不敢生异心了。

他们的手下，七万人纷纷欢呼雀跃着，表示要立功赎罪。

我对他们说，我之所以招抚你们，就是为了给大家一条活路，怎么忍心再把你们投入刀兵战场？你们逃窜那么久了，赶快回家去过太平日子吧。

对于八寨和断藤峡的土匪，我就没有这样心慈手软了。这伙匪徒聚众数万，凭借天险，控制着交趾以南、云贵东部，浔阳和府江之间一大块狭长的地带。天顺年间，都御史韩雍领兵二十万进剿断藤峡，也是无功而返。本朝的军事力量主要布防于西北，因此他们没有受到过真正的军事打击，气焰可说是嚣张无比。不对他们施以铁腕手段何以显帝国威仪？

思恩、田州事件解决后，这帮土匪看我忙着兴书院、办教育，就放松了警惕。这正是我希望看到的。到了七月，投诚过来的思恩、田州土著部队向石门天险发动夜间偷袭并成功，大队官兵攀木缘崖仰攻之，一路掩杀过去，经几日激战，连破数巢，斩获匪众三千余人，一举就把八寨踏平了。

兵士们不堪忍受此地湿热的气候，部队里已出现了瘟疫，再说我自己的身体也支撑不住了。于是我下令班师。这时我已不能骑马，是让将士们抬着回到南宁城的。

我一面勒石纪功，一面向朝廷上奏战捷，同时上了《处置八寨断藤峡以图永安疏》。

为了边境的长治久安，我建议改建城堡，把田州划开，别立一州，以岑猛次子岑邦相为吏目，在旧田州置十九巡检司，让卢苏、王受分别负责，都归流官知府管辖。

我不知道皇帝收到战报时的心情如何，从事态的发展来看，他当时的心情用且喜且忧来形容是丝毫不为过的。喜的是终于盼来了好消息，忧的是这姓王的是不是在吹牛？不折一矢，不杀一人，全活了数万生灵，一举荡平为害一百多年的巨寇，这是真的吗？这里面有没有猫腻？他不会在冒领军功吧？

我出发时的预感应验了——其实我早就想到会是这样。这简直是几年前平息江西朱宸濠叛乱后的遭遇的又一个拙劣的翻版。杨一清不阴不阳地说，这个人好穿古人服装、戴古人的帽子。至于我的军功，就让这貌似轻松的一句道德贬责盖过了。

大学士桂萼因为我没有听从他杀掉土官、攻打交趾的建议，更出于一个无耻之尤的阴暗心理，向皇帝上奏说："王守仁这个人为人怪诞，不懂规矩，他的什么心学，就是自以为是。这次让他征讨思田，他偏一意主抚；没让他打八寨、断藤峡，他偏劳师动众地去打，这简直是目无王法。这是典型的征抚失宜，处置不当。"甚至我提出的移卫设所、改建城堡的方案，也成了我的一大罪状。

公道自在人心。翰林学士方献夫、霍韬就在给皇帝的上疏中说：王守仁的前任，调三省兵若干万，梧州军门支出军费若干万，从广东布政司支用银米若干万，伤亡士兵上万，才换得田州五十日的安宁。而王守仁不费斗米，不折一卒，就平定了思恩、田州，还拔除了八寨、断藤峡这样的积年老巢。算算这笔账，这场战役，王守仁为朝廷省了数十万的人力、银米。"守仁讨平叛藩，忌者诬以初同贼谋，又诬其辇载金帛。当时大臣杨廷和、乔宇饰成其事，至今未白。夫忠如守仁，有功如守仁，一屈于江西，再屈于两广。

臣恐劳臣灰心,将士解体。后此疆圉有事,谁复为陛下任之!"

上奏了关于如何处置八寨的意见后,我就卧床不起了。无休止的咳嗽把我的整个脸都挤压得变了形。腿上疮伤的溃烂一日甚于一日,肿亮的皮肤,手指一摁下去就是一个凹印。有时我都觉得如果哪一口气喘不过来,我就要死了。但意志力还是让我像一根快要被蚀空了的胡杨树一样兀自强撑着,不倒下来。

我变得不爱说话,也没有力气说话,比之以前在讲坛上的滔滔不绝简直像是换了一个人。我有时整天不语,感觉万物灰暗一片,对什么都提不起兴致。后来我才知道,这种明显的消沉正是结核病人走向衰竭的典型征候。

我的身体竟然衰弱到了如此地步!两个月后,皇帝的私人代表奉加盖了玉玺的奖状来到广西,肯定了我在短时间内罢兵息民的战绩,并赏赐银两五十。我硬撑着从床上爬起来,遥望北方宫阙,谢主隆恩,一番折腾再加上过于激动,我居然晕了过去(典型的热晕)。等我醒来,使节已经离去。

皇帝的嘉奖如同一针强劲的兴奋剂让我彻夜无眠——我觉得我的身体内部如同火焰在燃烧,在连夜写下八百里加急送去的谢恩疏里,我一连用了感泣、战悚、惶恐等几个词来表达我对这一赏赐的感激之情:"臣不胜刻心镂骨、感激恋慕之至!"并表示:"惟誓此生鞠躬尽瘁,竭犬马之劳,以图报称而已。"最后我为自己病得不能奔走廷阙、一睹天颜,感到说不出的遗憾。

这一嘉奖其实更像是一个象征性的行为，而不是出于真心。因为除了可笑的五十两白银，后面连一点实质性的支持都没有。有关对将士们的封赏，还在兵部讨论来讨论去，我的一系列关于边疆问题的建议，还在户部、礼部等各个部门间踢来踢去地扯皮。我这么说并不是对皇帝有什么不满，皇帝是好的，皇帝永远是对的。我的最大的敌人就是那一班台阁重臣。病中静卧使我的视力变得锐利，我的视线穿过千里万里，已经看到他们霍霍地磨着刀子准备在背后给我狠狠的一刀。

愈益加重的病情使我再也不想在这里待下去了。是的，我感到了恐惧。死亡，那是一把无形的刀子，它寒光闪闪，一次次地刺穿我的梦境。对它的恐惧使我迫不及待地想赶回老家去。

我强扶病体，给皇帝写了长长的《乞恩暂容回籍就医养病疏》，从我在越蛰伏六年，想进京一睹天颜却遭谗言中伤说起，再次重申这次在两广征讨招抚得当，都体现了皇上的恩威。我说，此地再无"烦苛搜刻"的弊端，不会再生民乱，我再不走就来不及了。

信发出后，我坐船顺着漓江东下，日行五十里。按照我对帝国行政效率的估计，以我这样的前进速度，应该在两广境内就能够收到皇帝的批复。

一日午间，船在一个宽大的河滩泊了下来，我问此地是何处，船工说是伏波山，山上还有一个庙，是专为纪念西汉时的伏波将军马援而建的。我勉力登上了那座小山,当我在庙里面对着将军威武的塑像时,突然想起了四十多年前的一个梦。

那是我十五岁那年,从嘉峪关长城回到京城后做的一个梦。我就是在那次北游后,决定按照这个梦境的指引,像这个西汉名将一样建功立业,走出一条自己的路。眼前的一切,几乎是四十年前那个梦境的重现。时间好像在走了一个大轮回后又让脚步重叠,一时间我心里袭过一片阴影,这是不是预示着我的大限到了?

接下来的途程,我在船上发热,谵语,时而大汗淋漓,时而又冷得紧缩成一团。我梦见被人追赶,梦见像一块滚石从高处坠落。我在梦中大声抗辩,争论不休,有时还破口大骂。但当我像一个虚脱的潜水者一样从梦境中浮起来时,那些话一句都记不起来了。

在我清醒的时候,我想得最多的是我年幼的儿子。离家快一年了,那小命根子也不知怎样了。一想起如果哪一天我不在了,小小年纪的他就要独自面对凶险万状的人生,我心里就隐隐作痛。我给嗣子正宪写了封信,询问学业和家中的近况。意图是让他端正心态,不要激起家族矛盾。想想还是不妥当,又写信让亲信的学生去主持分家,每年两人轮流着照看我儿子,直到他成年,"诸叔侄不得参扰"。

后来事实证明我这一决定是有先见之明的,如果不这样做,他们孤儿寡母早就不知让人挤到哪里去了。

有时我也在船上提笔作书，回答学生们的一些疑难问题。这期间最让我欣慰的，是我在舟中收到了钱德洪、王畿的来信。他们告诉我，自从我离开后，余姚中天阁的讲会一直都在坚持进行，绍兴书院的同志也在他们的振作接引、熏陶切磋下功课日进。这封信越发使我归心似箭，我回信说：我已经在往回赶的路上，离见面的一天不远了，"吾道之昌，真有火燃泉达之机矣，喜幸当何如哉"！同时也不忘调侃了他们一下：讲院门前的杂草怕有一丈深了吧？

当我意识到我的目光是最后一次抚摸这片渐渐远去的山水时，一方面我心怀感伤，另一方面，我的视觉变得分外地敏锐起来。在我临终的眼里，生活中的一切仿佛有了一种神秘的新意义，一切都引起我的注意。我用有点儿惊奇的眼睛看着我重新看到的世界。我的脸上常常挂着天真的笑。这种微笑改变了我严峻的面容，使嘴角上强硬的法令纹变得柔和。这使得船上的兵士们也都误以为我的病在好起来。

不死在家里，也会死在路上，当我接受了这一事实后，我开始把每一步履看作是与世界的道别，并力图把这死亡之旅行走得从容些，再从容些。路过广东增城时，我到湛若水的老家去探访了一番，并在他家的墙壁上题写了一首诗，诗中写到了我与这座城市的因缘（我的五世祖就死在这里），写到了我们伟大的友谊如同一条看不见的纽带把我们紧紧联系在一起。老友远在京师，以后能不能再见着也是个未知。

我在他的旧居前流连再三，写下一首诗："我闻甘泉居，近连菊坡麓。十年劳梦思，今来快心目。"落落千百载，人生知音几稀，这也算是对我们几十年友谊的一个纪念吧。

在广东增城，我还到六世祖王纲的庙里去祭祀了一场。本朝开国之初，我的六世祖王纲被刘伯温荐为兵部郎中，擢广东参议，在平苗乱时战死此地，朝廷却待之甚薄。后来他的一个儿子用羊皮裹尸将他背回老家，并发誓再也不为朝廷卖命。

想到历史总是惊人地重复着，我感同身受，不由得涔涔泪下。只是当时我还不知道，我请求回家养病的奏疏根本就没有送到皇帝手中。我的等待从一开始就是虚妄的，我永远也等不来信使，等不来我想要的那封信了。

四

年轻时我的脸色是发绿的，这可能是营养不良、生活缺少规律，又过于劳心的缘故。一激动，脸就发红，甚至变得苍白。到了中年以后，一种蓝的色素渐渐沉淀了下来，脸色就逐渐发青了。我那时还不知道，这都是肺结核病的征候。[①]

我把身体看作是贮藏心镜的宝匣，可是在结核杆菌们的眼里，

[①] 在嘉靖七年（1528）十月的一封上疏中，王阳明提到了这一病症的由来："臣自往年承乏南、赣，为炎毒所中，遂患咳嗽之疾。"

我的躯体只不过是淋巴细胞和一大堆肌肉、关节、体液的组织，是它们赖以寄生的巢穴。在我生活的那个年代，这个世界上还没有发明出链霉素和卡介苗接种，我只能听任它们蚕一样啃噬我的肺叶。

当我还是京城里的一个文艺青年、文坛名流前七子的拥趸者的时候，对诗词歌赋等文学作品的彻夜研读已经在损害我的健康。寒冷的气候、糟糕的食物和恶劣的医疗条件加快了这一损害的速度。只是那时我尚不自知罢了。偶尔发作的咳嗽和血痰也被我轻描淡写地视作是北方干冷的气候所致，没有引起足够的重视。

一五〇八年春，当我来到贵州龙场驿的流放地时，除了热毒引发的关节疼痛和皮肤溃烂，已经出现了如下症状：逐渐消瘦，疲乏，咳嗽，潮热发烧，时而食欲不振，时而又胃口大开。更要命的是咳嗽，当它袭来时，我会觉得像有一只鬼手紧紧地卡住了我的咽喉。我几乎要用尽全身的力量才能冲开咽喉的堵物，可是等我缓过气来，能够正常呼吸了，又一轮的猛咳开始了。但那时医生们也说不出我的病灶在哪里，而只是笼统地称我中了蛊毒。

现在我当然已经知道，是无休止的热情销蚀空了我的身体。一次次的发烧，从病理上讲是结核杆菌在向我示警和示威，但在心理原因上，未始不是心智的燃烧引发了身体内部的燃烧。

几十年的运思、讲学，一场场疲惫不堪的论辩和悲欣交集的领悟，消耗着我的体能，并像催化剂一样催生着结核杆菌以十倍百倍的速度滋长。要是我沉浸在佛道的世界里不出来就好了，我就不会有那么多的激情——政治的激情，道德的激情，还有爱的激情——我也不会被那么多的激情消耗成一具纸糊的空壳。托马斯·曼怎么说来着？疾病的症状不是别的，而是爱的力量变相的体现，所有的疾病只不过是变相的爱。

有一种观点认为，肺结核病是一种湿病，是因为身体变得潮湿，肺里进了湿气，要把它弄干，就必须远离那些低热潮湿的地区。但纵观我的一生，三十岁在贵州山地，四十岁在江西南部，而今年过五十，又来这毒瘴丛生的广西边境。天乎？命乎？在这些往空气里一攥就是一大把水汽的地方，就是你要把一件衣服拧干，也要费上好大的劲，何况一具疲惫不堪的身体？

我在南京任职的时候，有个官员告诉我一个治疗结核病的良方。他建议我多蓄妻妾，多过性生活。他认为这种病是起于过度的压抑，而适度的性生活则有助于结核病人的康复。以我的社会地位和经济收入，在这座整日香风吹拂的享乐主义的城市里要做到这一点不算太难，但要我冒道德上的堕落换来身体的康复，我觉得这是典型的本末倒置。你把宝匣造得富丽堂皇，可是你的心镜却找不到了。

是颠沛流离又光怪陆离的生活滋生了肺结核病，还是这种病使我的生命获得了常人所没有的光亮与色泽？关于这一点，我一直没有想明白。或许，这就是一种使死亡与生命如此奇特地结合在一起的疾病？一九一七年，卡夫卡在给朋友的信中谈到这种病（七年后他死于这种病）："逐渐认识到结核病……它并不是一种特别的病，或者不是一种应该享有一个特殊名称的病，而不过是强劲的死亡细菌。"是的，它实际上就是一种强劲的死亡细菌，已经侵入我的骨髓，至此任何药石于它已无能为力。

对于这最终要掠夺走我的生命的病，我现在唯一感到欣慰的是，它只是发生在肺部，而不是别的部位。按照我对身体器官等级的认识，肺部是位于身体上半部的、精神化的部位，除了要命的气闷、哮喘、热晕、疲乏（有时是甲亢病人一般的亢奋），它不会再有其他让人更羞耻的症状。它起码可以让我在临近死亡的时候不失一个人应有的体面。

五

傍晚时分，我乘坐的木船沿着赣江上游的章水启碇东下。两岸的景致渐渐昏暗起来。黄昏降临了。黄昏不是从天上盖下来的，它就像一棵树，从河面向上生长，顷刻间就笼罩了四野。两岸远近的村落也次第亮起了昏黄的灯火。

风雪中翻越大庾岭可把我累得不轻。士兵们抬着我从陡峻的驿道下来，进入江西南安府地界。我在此地的两个学生，南安推官周积和赣州兵备道张思聪闻讯早在大雪中迎候了多时。这时我已冻得脸色青紫，身子颤抖得厉害，见了他们几乎吐不出话来。

到官署烤了会儿火,才缓过劲来。

我问他们近来进学如何,两人见我这般虚弱,简略地回答了一番,便询问起我的病情。我苦笑着对他们说,病势危亟,所未死者,只是一口元气强撑着罢了。他们要我在南安静心将养几日,待病情稳定些再起程不迟。我想拒绝,却连站起来的力气也没有了,只得依他们,住了下来。

尽管周积为我找来了南安府最好的医生,我的身体还是一点没有起色。昏睡中,我听见王大用对张思聪说,上好的材,就差裱糊了。张说,你放心,我一定用锡纸里外都裱糊了。

两天后,他们为我找的木船已准备妥当。我告诉他们,还是让我上路吧。我一刻也不想耽搁了。

含泪把我搀上船后,周积就一直守着我。我此时已抑制不住我的伤感。船启动时,我对他说:"平生学问方才见得数分,未能与吾党同志共成之,为可恨耳!"周积慌忙安慰我说,明年春天他还要请我到南安来讲学呢。

船沿着水面无声滑行。四野静极,雪落河中的沙沙声也听得很分明。船桨击水的哗哗声更显出夜的沉寂。我不知在船上昏昏沉沉睡了多久。一小时,一夜,还是有一百年了?时间好像在这广阔无垠的原野上滞住了,每一分,每一秒,都变得无限地长,长得足以让我把这变幻莫测、尚有缺憾的一生中已经度过的岁月想了一遍又一遍。

黑暗中河水的湿润气息裹住了我，让我觉得，船好像正载着我向着初始的混沌，向着母亲温暖的子宫回归。

我睁开眼，船没有动。船已经在我不知不觉间泊在了一个河湾。天亮了，雪也止了，除了一湾河水是琥珀色的深碧，整个世界变得像童话一般洁白。

我觉得脑门如同启开了一条缝，世界清冽的气息一下子灌满了我。呼吸也不那么困难了。我变得通体轻盈，好像一阵轻微的风就可以把我吹走。

我问，这是什么地方？

周积一整夜都和衣守在我床边，见我开口，他欣慰地说，这里是大庾县的青龙铺码头，船离开梅关后已经走了五十多里了。

我说，我要去了。

他好像是没听清，一愣神，泪珠就缓缓地滚落下来。他顾不得拭去，把耳朵凑近我，急忙说，先生先生，你还有什么话要说吗？

一瞬间，无数的词语奔突到了喉咙口，如同拥挤的兽群要通过一道窄门：皇帝。朝廷。家族。儿子。书信。马。山阴。朋友。同僚。讲学。但我只来得及用最后的力气对他笑一笑，说出这八个字：此心光明，亦复何言？

我已经说了一辈子的话，够了，让辛劳了一生的舌头休息吧。谁也不要打扰它。我死之后，也许将洪水滔天，也许会万世承平，也与我没有关系了。

我真的,已无话可说。

附录一　书信录

一

致徐爱

正德四年（1509）

发自贵州龙场驿

北行仓率，不及细话。别后日听捷音，继得乡录，知秋战未利。吾子年方英妙，此亦未足深憾，惟宜修德积学，以求大成。寻常一第，固非仆之所望也。家君舍众论而择子，所以择子者，实有在于众论之外，子宜勉之！勿谓隐微可欺而有放心，勿谓聪明可恃而有怠志。养心莫善于义理，为学莫要于精专。毋为习俗所移，毋为物诱所引。求古圣贤而师法之，切莫以斯言为迂阔也。

昔在张时敏先生时，令叔在学，聪明盖一时，然而竟无所成者，荡心害之也。去高明而就污下，念虑之间，顾岂不易哉！斯诚往事之鉴，虽吾子质美而淳，万无是事，然亦不可以不慎也。意欲吾子来此读书，恐未能遽离侍下，且未敢言此，俟后便再议。所不避其切切，为吾子言者，幸加熟念，其亲爱之情，自有不能已也。

一五〇七年，王阳明赴谪贵州途中，曾在老家余姚短暂逗留。徐爱就是在那个时候和其他两个当地青年学者一起成了王阳明正式的学生。不久，徐爱作为地方府学推荐的乡贡生上北京会考，王阳明也重新踏上赴西南之路。

这封信是王阳明到达流放地后，得知徐爱考场失利的消息后专为安慰他而写。"吾子年方英妙，此亦未足深憾，惟宜修德积学，以求大成。"这里他举了一个徐的叔父的例子。徐的这个叔父有着一个公认的聪明脑袋，当时王华甚至动过心要把女儿嫁给他。但此人性情浮浪，最终没什么出息。王老师以此作反面例子告诫学生：勿谓聪明可恃而有怠志——聪明是靠不住的！学问之功全在"精专"，养心之道则在"善于义理"，不为文化所蒙蔽，不为物质世界所诱引。

王阳明在这里委婉地建议落榜的弟子来贵州，自不无为弟子的学业计，但更多的是出于他在这穷荒无书之地的孤独。他太孤独了，尽管他学着做一个农夫，学着随和地和人们相处，但在内心几乎没有一个人可以和他对话。贵州、浙江，两地相距迢遥，再说他也知道徐爱是一个孝子，所以，他只能以这样的句式表达自己的想法："意欲"，"恐"。让他吃惊的是，几个月后，徐爱竟然真的来了。真个是"其亲爱之情，自有不能已也"。

二

致黄绾

正德八年（1513）九月

发自浙江余姚

使至，知近来有如许忙，想亦因是大有得力处也。仆到家，即欲与曰仁成雁荡之约，宗族亲友相牵绊，时刻弗能自由。五月终，决意往，值烈暑，阻者益众且坚，复不果。时与曰仁稍寻傍近诸小山，其东南林壑最胜绝处，与数友相期，候宗贤一至即往。又月余，曰仁凭限过甚，乃翁督促，势不可复待。乃从上虞入四明，观白水，寻龙溪之源，登杖锡，至于雪窦，上千丈岩以望天姥，华顶若可睹焉。欲遂从奉化取道至赤城，适彼中多旱，山田尽龟裂，道旁人家彷徨望雨，意惨然不乐，遂从宁波买舟还余姚。往返亦半月余，相从诸友亦微有所得，然无大发明。其最所歉然，宗贤不同兹行耳！

归又半月，曰仁行去，使来时已十余日。思往时在京，每恨不得还故山，往返当益易，乃今益难。自后精神意气当日不逮前，不知回视今日，又何如也！念之可叹可惧！留居之说，竟成虚约。亲友以曰仁既往，催促日至，滁阳之行，难更迟迟，亦不能出是月。闻彼中山水颇佳胜，事亦闲散。宗贤有惜阴之念，明春之期，亦既后矣。此间同往者，后辈中亦三四人，习气已深，虽有美质，亦消化渐尽。此事正如淘沙，会有见金时，但目下未可必得耳。

正德七年（1512）十二月，王阳明离开京城，转任南京太仆寺少卿一职。因是赴任闲曹散官，本就打不起精神，就没有急巴巴去上任，而是借省亲的机会在老家盘桓了大半个年头，一直拖到第二年的十月才去滁州上任。这封信他是在老家余姚写给黄绾的。

当其时也，京城学术小团体"铁三角"中的湛若水出使安南，黄绾在雁荡。友朋寥落，寂寞像老家屋后的荒草一样淹灭了他。

他是与妹婿徐爱一同南归的。徐爱将要到南京工部任新职，于是两人同坐运河的船回来。他在信里告诉黄绾，到家后就急着要拉徐爱一道上雁荡山来看望老朋友，但被宗族亲友的一大摊事缠住了，到了五月末，酷暑难耐，此事只好搁了起来。他还告诉黄绾，一直在等黄绾来了后同游"东南林壑最胜绝处"。只是他等不下去了，因为徐爱去南京上任的时间快到了。于是有了一次为期半个月的短途旅行。信中说到的这条旅行线路是：由上虞入四明山，至道教第九洞天之称的白水冲，登杖锡，至雪窦山，从奉化取道赤城，从宁波买舟西归。虽然有所收获，但终归没有大的发现。至为遗憾的，就是你黄绾没有和我们同行！

信中还对此间的几个学生流露出了不满，"习气已深，虽有美质，亦消化渐尽"。黄绾信来时，徐爱已离开余姚去南京，大约走了有十来日了，此时他的心境，想来更为寥落。转眼已至十月，再赖着不去滁州上任也没个理由了，这个月底之前是一定要动身了。明年春天到滁州来看我吧——他又一次向黄绾发出邀请——"闻彼中山水颇佳胜，事亦闲散"。有好山水，有闲散日子，老师召你，你来不来？

到了滁州后，他又给黄绾写信，此间乐，山水清远，胜事闲旷，"故人不忘久要，果能乘兴一来耶"？

三

致父亲

正德十四年（1519）七月

发自江西吉安

寓吉安男王守仁百拜，书上父亲大人膝下：

江省之变，昨遣来隆归报，大略想已如此。时宁王尚留省城，未敢远出，盖虑男之捣其虚，蹑其后也……已发兵至丰城诸处分布，相机而动。所虑京师遥远，一时题奏无由即达。命将出师,缓不及事,为可忧尔。男之欲归已非一日,急急图此已两年,今竟陷身于难。人臣之义至此,岂复容苟逃幸脱!惟俟命师之至,然后敢申前恳。俟事势稍定,然后敢决意驰归尔。伏望大人倍万保爱,诸弟必能勉尽孝养,旦暮切勿以不孝男为念。天苟悯男一念血诚,得全首领,归拜膝下当必有日矣。因闻巡检便,草此。临书慌愤,不知所云。七月初二日。

这是王阳明在江西吉安起兵征讨朱宸濠前写给父亲王华的一封信。信中简要谈及江西军情,和陷身事中的忧虑。但,"人臣之义至此,岂复容苟逃幸脱!"这一豪言壮语肯定感动了致仕在家的前南京吏部尚书王华。

据钱德洪记述,江西兵变的消息传到余姚时,有人劝王父移家避仇,王华说:"吾儿以孤旅急君上之难,吾为国旧臣,顾先去以为民望耶!"遂与有司定守城之策,而自密为之防。

四

与钱德洪、王汝中

嘉靖七年(1528)十月

发自广西

德洪、汝中书来,见近日工夫之有进,足为喜慰!而余姚、绍兴诸同志,又能相聚会讲切,奋发兴起,日勤不懈。吾道之昌,真有火然泉达之机矣。喜幸当何如哉!喜幸当何如哉!此间地方悉已平靖,只因二三大贼巢为两省盗贼之根株渊薮、积为民患者,心亦不忍不为一除剪,又复迟留二三月。今亦了事矣,旬月间便当就归途也。守俭、守文二弟,近承夹持启迪,想亦渐有所进。正宪尤极懒惰,若不痛加针砭,其病未易能去。父子兄弟之间,情既迫切,责善反难,其任乃在师友之间。想平日骨肉道义之爱,当不俟于多嘱也。书院规制,近闻颇加修葺,是亦可喜。寄去银二十两,稍助工费。墙垣之未坚完及一应合整备者,酌量为之。余情面话不久。

疾病驱使着王阳明迫不及待地赶往老家。从一五二七年九月以南京兵部尚书兼左都御史衔出征广西思恩、田州,时间已过去一年有余。眼下地方上的事已经平息,他的病情也越来越重了。

不久前,他刚向皇帝上疏请告:"臣自往年承乏南、赣,为炎毒所中,遂患咳痢之疾,岁益滋甚。其后退伏林野,虽得稍就清凉,亲近医药,而病亦终不能止,偶遇暑热,则复大作。去岁奉命入广⋯⋯炎毒益甚,今又加以遍身肿毒,喘嗽昼夜不息,心恶饮食。"他坦露苦衷,"竭忠以报国,臣之素志也",眼下病势一日危于一日，为苟全以图后报而为养病之举，"此臣之所以大不得已也"。他告诉皇帝，眼下我已舆至南宁，移卧舟次，缓慢东归，将在广州与韶关之间等待您准予我回家养病的消息。

离家已一年有余，家事扰心，书院的讲会也让他牵挂。不久前他曾这般问钱德洪（名宽）和王汝中（名畿）：讲院前的杂草也怕有一丈高了吧？语虽调侃，忧心自见。当钱、王两人回信告诉他讲会一直在进行，尽管病疴已沉，他还是要高兴得跳起来："吾道之昌，真有火然泉达之机矣。"

虽然已委托魏廷豹代为照拂家中一应事体，他还是不放心，在前一封信中询问："九、十弟与正宪辈，不审早晚能来亲近否？"并嘱钱、王两人"相与夹持之"。事实上让他忧心的还是新妇张氏与满周岁不久的儿子在这个大家庭中如何立足，族人和嗣子王正宪会怎样对待他们娘儿俩。因为他已经觉察到，"正宪尤极懒惰，若不痛加针砭，其病未易能去"。他也感到了置身其间的两难，"父子兄弟之间，情既迫切，责善反难"。但因着骨肉道义之爱，也只好喋喋不休了。

王阳明的信件向来很少提及银钱往来，这封信是个例外。书院作了修葺，他随信附上银二十两，也是做个挂名的书院山长的意思吧。本以为相见渐可期，留着话见了面再说，作此信时，他当然不会想到，死亡就在前面的一个叫青龙铺的地方等着他。

五

致何廷仁

嘉靖七年（1528）十一月

发自广东

区区病势日狼狈，自至广城，又增水泻，日夜数行不得止，今遂两足不能坐立。须稍定，即逾岭而东矣。诸友皆不必相候。果有山阴之兴，即须早鼓钱塘之棹，得与德洪、汝中辈一会聚，彼此当必有益。区区养病本去已三月，旬日后必得旨，亦遂发舟而东。纵未能遂归田之愿，亦必得一还。阳明与诸友一面而别，且后会又有可期也。千万勿复迟疑，徒耽误日月。纵及随舟而行，沿途官吏送迎请谒，断亦不能有须臾之暇。宜悉此意，书至，即拨冗。德洪、汝中辈亦可促之早为北上之图。伏枕潦草。

这封书信绝笔，写于离开广州、即将翻越大庾岭前夕，此时离王阳明生命的终点已不过数日。但他还在幻想着永远也不可能到来的皇帝的圣旨。

阴历十一月，算来阳历已是新年的元月。严寒的气候是肺病患者的天敌，再加水泻和迟迟不退的肿毒，"病势日狼狈"，他都不能坐立了。信的最后透露,这封信是卧在病榻上伏着枕仓促写就的。

他已经预感到来日无多,敦促收信人,"果有山阴之兴,即须早鼓钱塘之棹,得与德洪、汝中辈一会聚,彼此当必有益","千万勿复迟疑,徒耽误日月"。

六

致王正宪(节录)

嘉靖六年(1527)九月至七年十一月

发自岭南

十一月初七,始过梅岭……今日已度三水,去梧州已不远,再四五日可到矣。途中皆平安,只是咳嗽尚未痊愈,然亦不为大患。书到,可即告祖母、汝诸叔知之,皆不必挂念。家中凡百皆只依我戒谕而行。魏廷豹、钱德洪、王汝中当不负所托,汝宜亲近敬信,如就芝兰可也。廿二叔忠信好学,携汝读书,必能切励。汝不审近日亦有少进益否?聪儿迩来眠食如何?凡百只宜谨听魏廷豹指教,不可轻信奶婆之类,至嘱至嘱!一应租税账目,自宜上紧,须不俟我叮咛。我今国事在身,岂复能记念家事?汝辈自宜体悉勉励,方是佳子弟尔。十一月望。

即日舟已过严滩，足疮尚未愈，然亦渐轻减矣。家中事凡百与魏廷豹相计议而行。读书敦行，是所至嘱。内外之防，须严门禁。一应宾客来往及诸童仆出入，悉依所留告示，不得少有更改。四官尤要戒饮博，专心理家事。保一谨实可托，不得听人哄诱，有所改动。我至前途，更有书报也。

舟过临江……灯下草此，报汝知之。沿途皆平安，咳嗽尚未已，然亦不大作。广中事颇急，只得连夜速进，南赣亦不能久留矣。汝在家中，凡宜从戒谕而行。读书执礼，日进高明，乃吾之望。魏廷豹此时想在家，家众悉宜遵廷豹教训，汝宜躬率身先之。书至，汝即可报祖母诸叔，说我沿途平安。凡百想能体悉我意，铃束下人谨守礼法，皆不俟吾喋喋也。廷豹、德洪、汝中及诸同志亲友，皆可致此意。

近两得汝书，知家中大小平安。且汝自言能守吾训戒，不敢违越，果如所言，吾无忧矣……守悌叔书来，云汝欲出应试。但汝本领未备，恐成虚愿。汝近来学业所进吾不知，汝自量度而行，吾不阻汝，亦不强汝也。德洪、汝中及诸直谅高明，凡肯勉汝以德义，规汝以过失者，汝宜时时亲就。汝若能如鱼之于水，不能须臾而离，则不及人不为忧矣。吾平生讲学，只是"致良知"三字。仁，人心也。良知之诚爱恻怛处，便是仁，无诚爱恻怛之心，亦无良知可致矣。汝于此处，宜加猛省。家中凡事不暇一一细及，汝果能敬守训戒，吾亦不必一一细及也。余姚诸叔父昆弟皆以吾言告之。……

  我今已至平南县，此去田州渐近。田州之事，我承姚公之后，或者可以因人成事。但他处事务似此者尚多，恐一置身其间，一时未易解脱耳。汝在家凡百务宜守我戒谕，学做好人。德洪、汝中辈须时时亲近，请教求益。聪儿已托魏廷豹时常一看。廷豹忠信君子，当能不负所托。但家众或有桀骜不肯遵奉其约束者，汝须相与痛加惩治，我归来日，断不轻恕。汝可早晚常以此意戒饬之。廿二弟近来砥砺如何？守度近来修省如何？保一近来管事如何？保三近来改过如何？王祥等早晚照管如何？王祯不远出否？此等事，我方有国事在身，安能分念及此？琐琐家务，汝等自宜体我之意，谨守礼法，不致累我怀抱乃可耳。

近因地方事已平靖，遂动思归之怀，念及家事，乃有许多不满人意处。守度奢淫如旧，非但不当重托，兼亦自取败坏，戒之戒之！尚期速改可也。宝一勤劳，亦有可取。只是见小欲速，想福分浅薄之故，但能改创亦可。宝三长恶不悛，断已难留，须急急遣回余姚，别求生理。有容留者，即是同恶相济之人，宜并逐之。来贵奸惰，略无改悔，终须逐出。来隆、来价不知近来干办何如？须痛自改省，但看同辈中有能真心替我管事者，我亦何尝不知。添福、添定、王三等辈，只是终日营营，不知为谁经理，试自思之！添保尚不改过，归来仍须痛治。只有书童一人实心为家，不顾毁誉利害，真可爱念。使我家有十个书童，我事皆有托矣。来琐亦老实可托，只是太执懘，又听妇言，不长进。王祥、王祯务要替我尽心管事，但有阙失，皆汝二人之罪。俱要拱听魏先生教戒，不听者责之。

八月廿七日南宁起程，九月初七日已抵广城，病势今亦渐平复，但咳嗽终未能脱体耳。养病本北上已二月余，不久当得报。即逾岭东下，则抵家渐可计日矣。书至即可上白祖母知之。近闻汝从汝诸叔诸兄皆在杭城就试。科第之事，吾岂敢必于汝，得汝立志向上，则亦有足喜也。汝叔汝兄今年利钝如何？想旬月后此间可以得报，其时吾亦可以发舟矣。因山阴林掌教归便,冗冗中写此,与汝知之。

我至广城已逾半月,因咳嗽兼水泻,未免再将息旬月,候养病疏命下,即发舟归矣。家事亦不暇言,只要戒饬家人,大小俱要谦谨小心。余姚八弟等事近日不知如何耳?在京有进本者,议论甚传播,徒取快谗贼之口,此何等时节,而可如此!兄弟子侄中不肯略休息,正所谓操戈入室,助仇为寇者也,可恨可痛!兼因谢姨夫回,便草草报平安。书至,即可奉白老奶奶及汝叔辈知之。钱德洪、王汝中及书院诸同志皆可上覆。德洪、汝中亦须上紧进京,不宜太迟滞。

王阳明四十四岁那年,眼看诸氏生育无望,由父亲做主,把堂弟守信八岁的儿子正宪过继为嗣子。一五二七年王阳明起征思恩、田州时,儿子正聪(后改名为正亿)二岁,正宪二十岁。他把家政托于魏廷豹,把正宪的教育托于钱德洪与王汝中。从他军旅倥偬之时沿途所寄的这些音问来看,可谓字画遒劲,训戒明切。

自一五二七年九月去广西,至一五二八年十一月病死于归乡途中,王阳明的家书一直没有断过。家书名义上的收信人是嗣子正宪,但王阳明一直是把家族成员甚至几个亲近的学生作为信件隐含的读者的。之所以选择正宪，一是他需要一个传声筒报平安、传消息，表达他对族中事务的看法，从族内成员的亲疏和年龄来看，也只有正宪是合适的。二是他看到此子生性"尤极懒惰"，必须时刻敲打，"若不痛加针砭，其病未易能去"（致钱德洪、王汝中信）。但就像他说的，父子之间，"情既迫切，责善反难"，所以从这些信件来看，他也只能耐着性子，好语抚慰。

初到江西、过梅岭、过严滩、过临江、过平南县……几乎是一地一信，如此频繁的书报平安在王阳明是少有的。"汝不审近日亦有少进益否？聪儿迩来眠食如何？""廿二弟近来砥砺如何？守度近来修省如何？保一近来管事如何？保三近来改过如何？王祥等早晚照管如何？王祯不远出否？"他放心不下的事实在太多了。这些家书中除了偶尔提及军务，最牵念不去的还是族中事务、家人近况、孩子的教育问题。当然，信中还提到了越来越困扰他的咳嗽、足疮、水泻这些病症……

信中很大一部分是关于嗣子的学业和应试。正德十六年（1521）十月，王阳明以江西军功封新建伯，三代并妻一体追封，是年，十四岁的王正宪荫袭锦衣卫百户。嘉靖五年（1526），王阳明与继室张氏的儿子正聪出生后，正宪辞去了荫袭，想要以科试求得一条出路。王阳明是从堂弟守悌的来信得知正宪欲要外出应试的消息的。他坦率地告诉嗣子，虽然你的学业进展如何我不知道，但"汝本领未备，恐成虚愿"。

他在这封信中表明了自己对此事的态度:"汝自量度而行,吾不阻汝,亦不强汝也。"不久,他听到正宪跟从诸叔诸兄在杭州就试的消息,再次告诉他,科第之事我对你没有什么强求,只要你立志向上,我就高兴不尽了。

他希望正宪时时亲近钱德洪、王汝中这些"直谅高明"的师执辈,"如鱼之于水,不能须臾而离",于有无"诚爱"之心处猛醒。因为"诚爱恻怛之心即是致良知"。这样的话实在不会是空穴来风,正宪的性情与为人,他在遥远的南天之外也兀自放心不下。所以,如何读书、如何应对宾客、如何与家人相处、"一应租税账目",他也都放心不下,要他依定下的规制而行,"凡百只宜谨听魏廷豹指教,不可轻信奶婆之类,至嘱至嘱"!

死去原知万事空!后来的情势已经不是王阳明所能左右的了。

两年后,嘉靖九年(1530)十月,王阳明尸骨未寒,年已二十二岁的正宪要求自立门户,与张氏、正聪闹起了分居析产纠纷。这一年正聪四岁。到了嘉靖十一年(1532),王阳明的学生方献之署吏部,分派王臣(字公弼)任浙江佥事分巡浙东,插手王氏家务纷争,这一萧墙之争才稍作平息。而此时的王家,因朝廷停封停恤,已只能算普通布衣之家。

为躲避外侮内衅,第二年秋,在王阳明的一班旧日学生安排下,王正聪投奔了升任礼部左侍郎的黄绾。黄绾收留了先师之子,出于对老友之子的垂怜,日后又把自己的一个女儿嫁给了他。同时，诸门生商定:"正聪年幼，家事立亲人管理，每年轮取同志二人兼同扶助，诸叔侄不得参挠。为兄者务以总家爱弟为心，以副恩育付托之重；为弟者务以嗣宗爱兄为心，以尽继志述事之美；为旁亲者亦愿公心扶植孤寡，以为家门之光。"

到了一五六七年（隆庆元年），因大学士徐阶率群臣争奏王阳明之功，朝廷对王家再行封赏恤典，已改名为王正亿的正聪准袭"伯爵"。这一年王正亿四十一岁，此前他这一系已搬回了余姚居住。正宪一系仍留山阴。

多年后，王正亿子王承勋继承爵位。至崇祯初年，王氏后人又发生了拖延十余年不得决的争袭伯爵事件。此案经宁波、绍兴、台州三府推官会同审理，其经过由曾任宁波府推官的李清写入了《三垣笔记》。这是欲望驱使下的一出人性大展示，也可视作变化年代中一个曾经显赫的家族走向式微的原始档案，兹择其要者征引如下：

> 新建伯王文成守仁（弘治己未，余姚人）卒，子正亿嗣。正亿有二子，嫡承勋，庶承恩。及卒，承勋嗣，承勋嫡妻无出，唯妾沙氏有三子：长先进，次先达，季先道。先道以早殇无后，先进生一子业昌，先达生二子：业弘，业盛。
>
> 先进子业昌夭，请于弟先达，欲继其长子业弘，以待

袭爵。时先达妻章氏悍，与伯嫂不相睦，厉声曰："何继为？阿伯无子，袭爵应自我夫耳。鬺夫及子，爵安往？"先进怒且自伤，改立今王司马业浩（万历癸丑，山阴人）亲弟业洵为嗣。业洵者，守仁父华（成化辛丑状元，余姚人）后也。于是承勋室宇资财并承袭祭田数百顷皆为业洵所有。

已，业浩为业洵谋，谓己非文成后，例不应袭，袭者终是先达耳。袭爵必索产，遂诽谤先达为乞养，而另推承恩子名先通者嗣。不过谓非其爵而爵，则感出意外，自有产不同耳。由是先达与先通争袭，数十年不决。及奉旨下抚按勘，乃予司李宁波时也，同绍李郑瑜（崇祯辛未，番禺人）与台李张化原会审。时先达亡，唯子业弘与先通对质，予问曰："何以前后两子皆真，而中子独赝？又何以无后之两子皆真，而有后之中子独赝？且何以沙氏既有子兼有孙，乃预知两子一孙或绝或殇，而中抱一乞养？"先通无以应，不过曰："承勋曾具疏，万历时指先达为赝，今留中耳。"予曰："留中疏曾有据乎？"先通曰："禁地森严，一字不漏，阅简自见。"予曰："若简而有，则业弘父赝，爵合归尔。若简而无，则汝言诞，爵合归业弘。"于是先通、业弘皆叩首承服，然实无从简也。讯毕，化原举首指天谓："先通之承服，天道乎！"瑜亦叹曰："业弘实不赝,但奈予乡公祖何?"郑广东人,时业浩方总督郑乡,故云。

及予入刑垣,事尤未决,拟具疏稿,以伸公议。业弘不知,托叶姓者至寓,求予一言,且谓袭爵后当割二岁俸为寿。予作色曰:"若如此,不独愧文成,且上欺君父,当立焚稿耳。"迟一月方上,旋奉旨速核,时简承勋留中疏不得,然诸公侯皆为贿动,遂首倡去疑存信之说,以先通嗣。业弘持疏入禁地,举刀抹颈,且云:"以留中一疏有无定两家真赝,有原问官刑科李清可问。"疏闻,下狱拟罪,竟不问予也。先通袭爵仅四年,京城破,为闯贼所杀,业弘反免。

在李清记述的"争爵"这场大戏中,我们看到了妇人心计,看到了兄弟成仇,王氏子孙为争一个爵位打得不可开交,谎言、贿赂、自杀抹脖子全使上了,天下熙熙,功名汹汹,事实的情形就像他们九泉之下的祖先王阳明所说:每个人都是欲望的俘虏。

这一事件的大致经过李清已经叙述得很清楚了,由于王业浩的暗中谋划,王先通意外得嗣爵,而王业弘大受诬屈。但世事更迭有如白云苍狗,又有谁能笑到最后呢?接下来的乱世中,王先通因身有爵名反而遭祸,误了自家性命,在北京朝阳门下被大顺军诛杀。王业弘因在狱中,反而捡得一命,后获释,清顺治年间还有人看见过他。

据地方志记述,到了南明弘光朝,王先通的儿子王业泰(字士和)衰服赴难,赶往南京。他刚到杭州,清军已渡过钱塘江南下,王业泰被俘,执送营中,授其爵。王业泰泣道:"世受国恩,义不改节,得死报君父于地下足矣。"据说他死在杭州。

附录二　向内的把握与重建

感谢尤瑟纳尔和史景迁。在他们的书之后，我写下了王阳明。

他们一个写了古罗马皇帝哈德良的回忆录，一个写了中国清朝初年的皇帝康熙的一生，我描绘的，是五百年前的明代中叶，一个哲学家的自画像。

关于明朝，我们知道那是一个皇帝血腥而又变态、文人心性被普遍扭曲的时代。我们还知道，那是一个盛行焚香、品茗、营造、戏曲和房中术的享乐主义之风炽盛的年代。在一首叫《芳香的年代》的小诗里，我曾这样描述那个时代浸染着精致的文人趣味的市井生活：

> 把铜镜擦亮，掸去花瓣上的尘土
> 往浴缸里撒上沉香屑

> 每天早起，坐在园子里沏一壶好茶
> 读几封旧信件，一本花道指南手册

> 日影西斜，煮鱼温酒
> 提上透气的提篮来到郊外的桃林

拉开可以移动的炉子

摆上食物和器皿

桃花大雨一样落下

树木汗毛一样竖起

但这个"自画像"里作为背景展开的明朝生活并不腥风血雨，也不奢靡淫荡。相反，它是清峻的、坚硬的，散发着初冬的空气一般甘洌的气息，如同一块思想者的福地。这当然是我在书写中赋予那个年代的一种秩序，但也未始不可以看作历史丰富性的一个解读。

一九九五年前后，我就尝试以各种不同的形式去写它。我写下了一个老人为了死在老家匆忙从外地返回的片段，还有一些关于孤独和掂量死亡的片段。起始的句子就决定了这是一个失败之作："距今四百八十九年前，亦即一五〇七年春天，明朝的一个京官被逐出了北京城，他就是王阳明。"这样一个僵死的陈述句式，像乡土史教材一样煞有介事、拿腔拿调，让故事一开始就缺失了推动力而停滞不前。不久我就放弃了它。这份对一个叫王阳明的人的命运的探究，即便我在二十世纪九十年代中期勉强写出了，我想也会被处理成一个有一定长度的随笔，而在更早的八十年代，我想我会毫不犹豫地把它写成一首长诗。

以后的好多年里,我几乎忘记了曾经想写的这个人,那些片段的草稿也被我有意识地丢弃了。我甚至羞于承认我曾经想写他,想写这样一个故事。我不希望自己在公众的眼里被贴上地区主义的标签。我更愿意去挖掘潜藏在地域性之下的普遍的人性,在我看来这一普遍的人性的吸引力要远远大于地域性。

一直到二〇〇五年。二〇〇五年的春天我开始阅读史景迁的"中国研究"系列。书是上海的一家出版社出的,全是白皮本,纸质粗糙,翻译质量也参差不齐。一个月出一本,像是试探市场风向,又像是十足的吊人胃口。但这样正好赶上我的阅读速度,于是读完一本便往书店找。从《王氏之死》到《皇帝与秀才》再到《曹寅与康熙》,一直到我看完《中国皇帝——康熙自画像》,我对自己说,以后再也不买这老头的书了。这一方面是这个"失败的小说家"(钱锺书曾这般戏谑他)的那一套把戏我已不稀奇,更重要的,是我重新捡起了十年前搁置的那个计划。

我开始做一些必要的准备工作——某种意义上,那是一个历史学者做的工作——反复阅读这个人的全集,他和帝国官员、文人的通信集,以及他的弟子们的记述(主要是《传习录》),并在上面做了许多只有我懂的记号。

我努力让自己以十六世纪的眼光、心灵和感觉去阅读这些十六世纪的稿本:它们藏在这个城市著名的藏书楼天一阁和我家乡的文献馆里。而这些年里我经历过的一些事,也丰富了我的感受,对这个人有了更深的认识。长达十年的搁置此时也显出了意义:它让我学会了更精确地计算五百年前的哲学家和今天的我之间的距离。我很快就认同了以前一直不屑的尤瑟纳尔的一个观点:有一些题材,在年过四十之前,不要贸然去写。

从年谱世系表到生平考证,从往来信件到那个时代的文学风气和社会生活的隐秘角落,当我决定从内部去重新整理历史学家从前从外部做过的事时,我发现了在外部琢磨时最容易忽略的文学意义——他出生并度过人生初年的院子,他做的奇怪的梦,他对政治和女人的认识,他和朋友们的交往。正是这些细节坚定了我把它们搭建成一个大厦的构想。

这个十六世纪以来最伟大的哲学家、仕途不如意的官员、二流诗人、道德典范和坚定的行动主义者,他其实和我们一样,渴望友谊,希望不朽,爱吃祖母做的甜食,也同我们一样,梦想,思考,用没有恶意的嘲讽语气与朋友说话,衰老,并死亡。

这使我慢慢体会到,历史小说——如果有这样一种文学样式的话——并不只是小说家用他那个时代的方法去诠释过去年代的人和事,它更重要的责任,乃在于把握甚至创造一个内部的世界。

在我的创作履历中,这种重述历史的热情其实从改写"雪夜访戴"的《一个雪夜的遭遇》和关于徐渭传奇一生的《明朝故事》就开始了,只是那时的方式是解构,现在是从内部去整理,去重建。无疑,解构是容易的,重建更见难度。

于是我像尤瑟纳尔所说的那样,一只脚踏进旁征博引中,一只脚踏进了"妖术"之中——这种"妖术"就在于设想自己的思想和情感渗进了十六世纪这个伟大的哲学家的内心深处。

在这一工作缓慢而扎实推进的几个月中,我给自己规定的一项功课,是到了夜晚最安静的时分让自己假想置身于那个时代,并写下一些幻想性的片段:一些词语,一些细微的动作,一些性的遐想和到过的场景的描述。这些片段大多丢弃了,也有一些像织物一样织进了文本。这个作品因此有了我期许中的某种黑夜的气质。

就像凭着墙上有限的几个点可以挂起一幅挂毯一样,在主人公并不太长的一生中,我也选取了几个点让他叙说往事,结构起他一生的编年史。在这个故事中,这些时间的点分别是:正德四年(1509),嘉靖元年(1522),嘉靖五年(1526),嘉靖七年(1528)。一方面我要小心谨慎,尊重事实,另一方面,我要让我的主人公在我安排的范式中说话。我让他絮絮不休地说话,说他的父亲,说他的妻子与儿子,说他的军功与学术,说他的忧郁,说他自以为是的意志力的胜利,或许历史上的王阳明并不是这般饶舌,但这个故事安排的"秩序"要求他这么做。

正如史实已经告诉我们的,我们的主人公出生并成长于江南的一个小城,除了年少时的求学和初涉官场的最初几年是在北方,他一生中大部分的年头都是在潮湿、闷热的中国南方度过的：南京、绍兴，江西的南昌、赣州、吉安，乃至更远的贵州和广西。当我写下第一个句子"那张雨中的脸，到了我生命的临终一刻还会再想起……"时，它的不疾不徐的流动，让我相信我为这个故事找到了一种南方植物般葳蕤的语言，它们蓬勃、恣肆、潮湿，随着一个人生命的河道蔓延。

取名为《岩中花树》，是出自《传习录》中记载的一则有名公案：王阳明与友人游南镇，一友人指着岩中花树问："天下无心外之物，如此花树，在深山中，自开自落，于我心亦何相关？"王如此答道："你未看此花时，此花与汝心同归于寂。你来看此花时，则此花颜色一时明白起来。便知此花，不在你的心外。"

自一年中最盛大的季节夏天起笔写这个故事，到完稿，天道已近立秋。短短的几个月间，季候的渐变竟也暗合了主人公从绚烂归于死寂的生命轨迹。二〇〇六年初春，一个大雪天，我在温州收到了北京一家刊物将在长篇增刊里发表这部文稿的消息。但出于市场因素的考虑，那家刊物最终还是放弃了。让我高兴的是稿子给《山花》杂志后不久，何锐先生就做出了发表它的决定。自从一九九七年何锐先生在他主编的《山花》杂志"三叶草"栏目刊登我的短篇小说《站在屋顶上吹风》和迄今唯一一组公开发表的诗《习作：近景与远景》，到此已过去了十年。十年，对一个作家写成他一直想写的作品来说，说长，也不长。

首发此作的何锐先生已于二〇一九年三月仙逝。他是我见过的最真诚、最不市侩的"文学狂人"。《山花》自上个世纪九十年代中期以来,成为新生代作家的重要发声地,实赖先生和一班青年编辑之功。现今,狂人已逝,这世界生生死死,方生方死,值此书稿付梓,特以为记。

附录三 需要说明的年代和事件

明正德四年（1509）

这年十一月，王阳明（1472—1529）在贵州修文县龙场驿埋葬三个来自中原的流放人员。

在这之前，王阳明作为一个犯臣也被流放到此地。相同的生活际遇与身世飘零之感使王阳明不免兔死狐悲，写下一篇后来入选《古文观止》的祭文《瘗旅文》。

随后一年的龙场悟道，他的思想从朱熹转向陆九渊，按儒家的圣贤观念去改造外在环境，追求"内圣外王"之道，以"致良知"为核心逐渐自成体系。这使他找回了一个思想家的自信，并以一种顽强的信念支持起了下半生的事功与学术。

此后讲学二十余年，他致力于思想传播。王阳明"致良知""知行合一"思想的形成，是儒学内部的一次改良，或者说修正。王阳明没有、也不可能跳出"理"的大前提，独立建构一种新哲学，他在其中所起的作用，就像马丁·路德之于基督教教义。

把"天理"移入人心，这是王阳明的一大发明。这一发明突出了人的主体精神，把道德他律转变为道德自律，这在明代中叶称之为"人的解放"怕也不为过。所以梁启超在《中国近三百年学术史》中称他"能做五百年道学结束,吐很大光芒"。王阳明与传统的冲突既开,经后代思想家承续推进,方有晚清民主思潮的狂飙出现,并进而影响到近世中国。王阳明在理学内部的这一变革,也印证了中国文化生生不息的自我更新能力。

明正德七年(1512)

本年年底,王阳明从北京升任南京太仆寺少卿,在返乡途中与由祁州知府左迁南京兵部员外郎的弟子徐爱(1487—1518)论学于舟中。

不久,王阳明由滁州也到了南京,任鸿胪寺卿。此后的三年间,这个沉浸在无限的内心体验中的年轻人成了王阳明讲学最得力的助手,一些入门的基本学说都是他代为传授。

徐爱是王阳明妹婿,也是他最早的几个学生之一。徐爱身上有一种悉心传道的使徒精神。

在众多的学生中,王阳明对徐爱等三人(另两人是蔡宗兖、朱节)情有独钟,认为他们最得自己学说的真传。

一五一七年,王阳明因兵部尚书王琼的荐举任都察院右佥都御史,前往赣南平息民众暴动,徐爱因健康原因辞去了他在政府的职务,准备过一种半耕半读的生活。

徐爱在三十一岁那年英年早逝,他的死让王阳明痛感失去了一个最好的学生与朋友,以致在军中几次昏厥,悲叹"安得起曰仁于地下"。

考量王阳明的弟子，徐爱"温恭"，蔡宗兖"深潜"，朱节"明敏"，和徐爱一同列入门墙的钱德洪，"只于事物上实心磨炼"，悟性却有不及。

对王阳明学说真正起到开创作用的是王艮和王畿。两人都非师说所能束缚，甚至凌驾于师说之上，因此黄宗羲这样评说："阳明先生之学，有泰州（王艮）、龙溪（王畿）而风行天下，亦因泰州、龙溪而渐失其传。"

明嘉靖二十年（1541）

这年冬天，王艮（1483—1541）在淮南去世。

这个出生于长江北岸泰州的盐工，生前在一个梦的激励下，决心去实现真正的自己。他的第一步是拜当时名动天下的王阳明为师，第二步是自制了一辆蒲轮车，一路招摇着走到京师去代师讲学。

虽然这么做的结果是给他的老师带来了麻烦，使得阳明心学遭受京中大佬"痛加裁抑"，他自己却大大地露了一把脸。

王阳明去世后，王艮正式开门授徒，在淮南乡村主持讲会，对"格物致知"做出了新的解释，并用一句"百姓日用即道"撑起了他全部学说的基本框架。

王艮所采取的民间立场，使他有可能对儒学在底层的价值作出新的探索，同时世俗化了的儒学也为他这个底层圣人赢得了广泛的社会声誉。

王阳明的学说，经王艮和王畿（1498—1583）分为两派，王艮开创的泰州学派，走的是激进一途，扩大了王阳明学说中的个性解放和激进主义成分，日后经颜钧、罗汝芳、何心隐、李贽等推陈出新，至万历年间已蔚为大观。但因其过分凌空蹈虚，亦被后人讥为"狂禅"。

附录四 明史·王守仁传

王守仁，字伯安，余姚人。

父华，字德辉，成化十七年进士第一。授修撰。弘治中，累官学士、少詹事。华有器度，在讲幄最久，孝宗甚眷之。李广贵幸，华讲《大学衍义》，至唐李辅国与张后表里用事，指陈甚切。帝命中官赐食劳焉，正德初，进礼部左侍郎。以守仁忤刘瑾，出为南京吏部尚书，坐事罢。旋以《会典》小误，降右侍郎。瑾败，乃复故，无何卒。华性孝，母岑年逾百岁卒。华已年七十余，犹寝苫蔬食，士论多之。

守仁娠十四月而生。祖母梦神人自云中送儿下，因名云。五岁不能言，异人拊之，更名守仁，乃言。年十五，访客居庸、山海关。时阑出塞，纵观山川形胜。弱冠举乡试，学大进。顾益好言兵，且善射。登弘治十二年进士。使治前威宁伯王越葬，还而朝议方急西北边，守仁条八事上之。寻授刑部主事。决囚江北，引疾归。起补兵部主事。

正德元年冬，刘瑾逮南京给事中御史戴铣等二十余人。守仁抗章救，瑾怒，廷杖四十，谪贵州龙场驿丞。龙场万山业薄，苗僚杂居。守仁因俗化导，夷人喜，相率伐木为屋，以栖守仁。瑾诛，量移庐陵知县。入觐，迁南京刑部主事，吏部尚书杨一清改之验封。屡迁考功郎中,擢南京太仆少卿,就迁鸿胪卿。

兵部尚书王琼素奇守仁才。十一年八月擢右佥都御史,巡抚南、赣。当是时,南中盗贼蜂起。谢志山据横水、左溪、桶冈,池仲容据浰头,皆称王,与大庾陈曰能、乐昌高快马、郴州龚福全等攻剽府县。而福建大帽山贼詹师富等又起。前巡抚文森托疾避去。志山合乐昌贼掠大庾,攻南康、赣州,赣县主簿吴玭战死。守仁至,知左右多贼耳目,乃呼老黠隶诘之。隶战栗不敢隐,因贳其罪,令诇贼,贼动静无勿知。于是檄福建、广东会兵,先讨大帽山贼。

明年正月,督副使杨璋等破贼长富村,逼之象湖山,指挥覃桓、县丞纪镛战死。守仁亲率锐卒屯上杭。佯退师,出不意捣之,连破四十余寨,俘斩七千有奇,指挥王铠等擒师富。疏言权轻,无以令将士,请给旗牌,提督军务,得便宜从事。尚书王琼奏从其请。乃更兵制:二十五人为伍,伍有小甲;二伍为队,队有总甲;四队为哨,哨有长,协哨二佐之;二哨为营,营有官,参谋二佐之;三营为阵,阵有偏将;二阵为军,军有副将。皆临事委,不命于朝。副将以下,得递相罚治。

其年七月,进兵大庾。志山乘间急攻南安,知府季斅击败之。副使杨璋等亦生絷曰能以归。遂议讨横水、左溪。十月,都指挥许清、赣州知府邢珣、宁都知县王天与各一军会横水,斅及守备郏文、汀州知府唐淳、县丞舒富各一军会左溪,吉安知府伍文定、程乡知县张戬遏其奔轶。守仁自驻南康,去横水三十里,先遣四百人伏贼巢左右,进军逼之。贼方迎战,两山举帜。贼大惊,谓官军已尽犁其巢,遂溃。乘胜克横水,志山及其党萧贵模等皆走桶冈。左溪亦破。守仁以桶冈险固,移营近地,谕以祸福。贼首蓝廷凤等方震恐,见使至大喜,期仲冬朔降,而珣、文定已冒雨夺险入。贼阻水阵,珣直前搏战,文定与戬自右出,贼仓卒败走,遇淳兵又败。诸军破桶冈,志山、贵模、廷凤面缚降。凡破巢八十有四,俘斩六千有奇。时湖广巡抚秦金亦破福全。其党千人突至,诸将擒斩之。乃设崇义县于横水扛,控诸瑶。还至赣州,议讨浰头贼。

初,守仁之平师富也,龙川贼卢珂、郑志高、陈英咸请降。及征横水、浰头,贼将黄金巢亦以五百人降,独仲容未下。横水破,仲容始遣弟仲安来归,而严为战守备。诡言:"珂、志高,仇也,将袭我,故为备。"守仁佯杖击珂等,而阴使珂弟集兵待,遂下令散兵。岁首大张灯乐,仲容信且疑。守仁赐以节物,诱入谢。仲容率九十三人营教场,而自以数人入谒。守仁呵之曰:"若皆吾民,屯于外,疑我乎?"悉引入祥符宫,厚饮食之。贼大喜过望,益自安。守仁留仲容观灯乐。正月三日大享,伏甲士于门,诸贼入,以次悉擒戮之。自将抵贼巢,连破上、中、下三浰,斩馘二千有奇。余贼奔九连山。山横亘数百里,陡绝不可攻。乃简壮士七百人衣贼衣,奔崖下,贼招之上。官军进攻,内外合击,擒斩无遗。乃于下涮立和平县,置戍而归。自是境内大定。

初,朝议贼势强,发广东、湖广兵合剿。守仁上疏止之,不及。桶冈既灭,湖广兵始至。及平涮头,广东尚未承檄。守仁所将皆文吏及偏裨小校,平数十年巨寇,远近惊为神。进右副都御史,予世袭锦衣卫百户,再进副千户。

十四年六月,命勘福建叛军。行至丰城而宁王宸濠反,知县顾佖以告。守仁急趋吉安,与伍文定征调兵食,治器械舟楫,传檄暴宸濠罪,俾守令各率吏士勤王。都御史王懋中,编修邹守益,副使罗循、罗钦德,郎中曾直,御史张鳌山、周鲁,评事罗侨,同知郭祥鹏,进士郭持平,降谪驿丞王思、李中,咸赴守仁军。御史谢源、伍希儒自广东还,守仁留之纪功。因集众议曰:"贼若出长江顺流东下,则南都不可保。吾欲以计挠之,少迟旬日无患矣。"乃多遣间谍,檄府县言:"都督许泰、郤永将边兵,都督刘晖、桂勇将京兵,各四万,水陆并进。南赣王守仁、湖广秦金、两广杨旦各率所部合十六万,直捣南昌,所至有司缺供者,以军法论。"又为蜡书遗伪相李士实、刘养正,叙其归国之诚,令从臾早发兵东下,而纵谍泄之。宸濠果疑。与士实、养正谋,则皆劝之疾趋南京即大位,宸濠益大疑。十余日诇知中外兵不至,乃悟守仁绐之。七月壬辰朔,留宜春王拱㮶居守,而劫其众六万人袭下九江、南康,出大江,薄安庆。

守仁闻南昌兵少则大喜,趋樟树镇。知府临江戴德孺、袁州徐琏、赣州邢珣，都指挥余恩，通判瑞州胡尧元、童琦、抚州邹琥、安吉谈储，推官王暐、徐文英，知县新淦李美、泰和李楫、万安王冕、宁都王天与，各以兵来会，合八万人，号三十万。或请救安庆，守仁曰："不然。今九江、南康已为贼守，我越南昌与相持江上，二郡兵绝我后，是腹背受敌也。不如直捣南昌。贼精锐悉出，守备虚。我军新集气锐，攻必破。贼闻南昌破，必解围自救。逆击之湖中，蔑不胜矣。"众曰："善。"己酉次丰城，以文定为前锋，先遣奉新知县刘守绪袭其伏兵。庚戌夜半，文定兵抵广润门，守兵骇散。辛亥黎明，诸军梯垣登，缚拱辰等，宫人多焚死。军士颇杀掠，守仁戮犯令者十余人，宥胁从，安士民，慰谕宗室，人心乃悦。

居二日，遣文定、珣、琏、德孺各将精兵分道进，而使尧元等设伏。宸濠果自安庆还兵。乙卯遇于黄家渡。文定当其前锋，贼趋利。珣绕出贼背贯其中，文定、恩乘之，琏、德孺张两翼分贼势，尧元等伏发，贼大溃，退保八字脑。宸濠惧，尽发南康、九江兵。守仁遣知府抚州陈槐、饶州林城取九江，建昌曾玙、广信周朝佐取南康。丙辰复战，官军却，守仁斩先却者。诸军殊死战，贼复大败，退保樵舍，联舟为方阵，尽出金宝犒士。明日，宸濠方晨朝其群臣，官军奄至。以小舟载薪，乘风纵火，焚其副舟，妃娄氏以下皆投水死。宸濠舟胶浅，仓卒易舟遁，王冕所部兵追执之。士实、养正及降贼按察使杨璋等皆就擒。南康、九江亦下。凡三十五日而贼平。京师闻变，诸大臣震惧。王琼大言曰："王伯安居南昌上游，必擒贼。"至是，果奏捷。

帝时已亲征，自称威武大将军，率京边骁卒数万南下。命安边伯许泰为副将军，偕提督军务太监张忠，平贼将军、左都督刘晖将京军数千，溯江而上，抵南昌。诸嬖幸故与宸濠通。守仁初上宸濠反书，因言："觊觎者非特一宁王，请黜奸谀以回天下豪杰心。"诸嬖幸皆恨。宸濠既平，则相与媢功；且惧守仁见天子发其罪，竟为蜚语，谓守仁先与通谋，虑事不成，乃起兵。又欲令纵宸濠湖中，待帝自擒。

守仁乘忠、泰未至，先俘宸濠，发南昌。忠、泰以威武大将军檄邀之广信。守仁不与，间道趋玉山，上书请献俘，止帝南征。帝不许。至钱塘遇太监张永。永提督赞画机密军务，在忠、泰辈上，而故与杨一清善，除刘瑾，天下称之。守仁夜见永，颂其贤，因极言江西困敝，不堪六师扰。永深然之，曰："永此来，为调护圣躬，非邀功也。公大勋，永知之，但事不可直情耳。"守仁乃以宸濠付永，而身至京口，欲朝行在。闻巡抚江西命，乃还南昌。忠、泰已先至，恨失宸濠。故纵京军犯守仁，或呼名嫚骂。守仁不为动，抚之愈厚。病予药，死予棺，遭丧于道，必停车慰问良久始去。京军谓王都堂爱我，无复犯者。忠、泰言："宁府富厚甲天下，今所蓄安在？"守仁曰："宸濠异时尽以输京师要人，约内应，籍可按也。"忠、泰故尝纳宸濠贿者，气慑不敢复言。已，轻守仁文士，强之射。徐起，三发三中。京军皆欢呼，忠、泰益沮。会冬至，守仁命居民巷祭，已，上冢哭。时新丧乱，悲号震野。京军离家久，闻之无不泣下思归者。忠、泰不得已班师。比见帝，与纪功给事中祝续、御史章纶谗毁百端，独永时时左右之。忠扬言帝前曰："守仁必反，试召之，必不至。"忠、泰屡矫旨召守仁。守仁得永密信，不赴。及是知出帝意，立驰至。忠、泰计沮，不令见帝。守仁乃入九华山，日晏坐僧寺。帝觇知之，曰："王守仁学道人，闻召即至，何谓反？"乃遣还镇，令更上捷音。守仁乃易前奏，言奉威武大将军方略讨平叛乱，而尽入诸嬖幸名，江彬等乃无言。

当是时，谗邪构煽，祸变叵测，微守仁，东南事几殆。世宗深知之。甫即位，趣召入朝受封。而大学士杨廷和与王琼不相能。守仁前后平贼，率归功琼，廷和不喜，大臣亦多忌其功。会有言国哀未毕，不宜举宴行赏者，因拜守仁南京兵部尚书。守仁不赴，请归省。已，论功封特进光禄大夫、柱国、新建伯，世袭，岁禄一千石。然不予铁券，岁禄亦不给。诸同事有功者，惟吉安守伍文定至大官，当上赏。其他皆名示迁，而阴绌之，废斥无存者。守仁愤甚。时已丁父忧，屡疏辞爵，乞录诸臣功，咸报寝。免丧，亦不召。久之，所善席书及门人方献夫、黄绾以议礼得幸，言于张璁、桂萼，将召用，而费宏故衔守仁，复沮之。屡推兵部尚书、三边总督、提督团营，皆弗果用。

嘉靖六年，思恩、田州土酋卢苏、王受反。总督姚镆不能定，乃诏守仁以原官兼左都御史，总督两广兼巡抚。绾因上书讼守仁功，请赐铁券岁禄，并叙讨贼诸臣，帝咸报可。守仁在道，疏陈用兵之非，且言："思恩未设流官，土酋岁出兵三千，听官征调。既设流官，我反岁遣兵数千防戍。是流官之设，无益可知。且田州邻交阯，深山绝谷，悉瑶僮盘据，必仍设土官，斯可借其兵力为屏蔽。若改土为流，则边鄙之患，我自当之，后必有悔。"章下兵部，尚书王时中条其不合者五，帝令守仁更议。十二月，守仁抵浔州，会巡按御史石金，定计招抚。悉散遣诸军，留永顺、保靖土兵数千，解甲休息。苏、受初求抚不得，闻守仁至益惧，至是则大喜。守仁赴南宁，二人遣使乞降，守仁令诣军门。二人窃议曰："王公素多诈，恐绐我。"陈兵入见。守仁数二人罪，杖而释之。亲入营，抚其众七万。奏闻于朝，陈用兵十害，招抚十善。请易田州府为田宁，复流官，徙田州治，设土官，以岑猛次子邦相为吏目，署州事，俟有功擢知州。而于田州置十九巡检司，以苏、受等任之，并受约束于流官知府。帝皆从之。

断藤峡瑶贼，上连八寨，下通仙台、花相诸洞蛮，盘亘三百余里，郡邑罹害者数十年。守仁欲讨之，故留南宁。罢湖广兵，示不再用。伺贼不备，进破牛肠、六寺等十余寨，峡贼悉平。遂循横石江而下，攻克仙台、花相、白竹、古陶、罗凤诸贼。令布政使林富率苏、受兵直抵八寨，破石门，副将沈希仪邀斩轶贼，尽平八寨。

　　始，帝以苏、受之抚，遣行人奉玺书奖谕。及奏断藤峡捷，则以手诏问阁臣杨一清等，谓守仁自夸大，且及其生平学术。一清等不知所对。守仁之起由璁、萼荐，萼故不善守仁，以璁强之。后萼长吏部，璁入内阁，积不相下。萼暴贵喜功名，风守仁取交阯，守仁辞不应。一清雅知守仁，而黄绾尝上疏欲令守仁入辅，毁一清，一清亦不能无移憾。萼遂显诋守仁征抚交失，赏格不行。献夫及霍韬不平，上疏争之，言："诸瑶为患积年，初尝用兵数十万，仅得一田州，旋复召寇。守仁片言驰谕，思、田稽首。至八寨、断藤峡贼，阻深岩绝冈，国初以来未有轻议剿者，今一举荡平，若拉枯朽。议者乃言守仁受命征思、田，不受命征八寨。夫大夫出疆，有可以安国家，利社稷，专之可也。况守仁固承诏得便宜从事者乎？守仁讨平叛藩，忌者诬以初同贼谋，又诬其辇载金帛。当时大臣杨廷和、乔宇饰成其事，至今未白。夫忠如守仁，有功如守仁，一屈于江西，再屈于两广。臣恐劳臣灰心，将士解体，后此疆圉有事，谁复为陛下任之！"帝报闻而已。

　　守仁已病甚，疏乞骸骨，举郧阳巡抚林富自代，不俟命竟归。行至南安卒，年五十七。丧过江西，军民无不缟素哭送者。

　　守仁天资异敏。年十七谒上饶娄谅，与论朱子格物大指。还家，日端坐，讲读五经，不苟言笑。游九华归，筑室阳明洞中。泛滥二氏学，数年无所得。谪龙场，穷荒无书，日绎旧闻。忽悟格物致知，当自求诸心，不当求诸事物，喟然曰："道在是矣。"遂笃信不疑。其为教，专以致良知为主。谓宋周、程二子后，惟象山陆氏简易直捷，有以接孟氏之传。而朱子《集注》《或问》之类，乃中年未定之说。学者翕然从之，世遂有"阳明学"云。

守仁既卒，桂萼奏其擅离职守。帝大怒，下廷臣议。萼等言："守仁事不师古，言不称师。欲立异以为高，则非朱熹格物致知之论；知众论之不予，则为《朱熹晚年定论》之书。号召门徒互相倡和，才美者乐其任意，庸鄙者借其虚声。传习转讹，背谬弥甚。但讨捕叛贼，擒获叛藩，功有足录，宜免追夺伯爵以章大信，禁邪说以正人心。"帝乃下诏停世袭，恤典俱不行。隆庆初，廷臣多颂其功。诏赠新建侯，谥文成。二年予世袭伯爵。既又有请以守仁与薛瑄、陈献章同从祀文庙者。帝独允礼臣议，以瑄配。及万历十二年，御史詹事讲申前请。大学士申时行等言："守仁言致知出《大学》，良知出《孟子》。陈献章主静，沿宋儒周敦颐、程颢。且孝友出处如献章，气节、文章、功业如守仁，不可谓禅，诚宜崇祀。"且言胡居仁纯心笃行，众论所归，亦宜并祀。帝皆从之。终明之世，从祀者止守仁等四人。

始守仁无子，育弟子正宪为后。晚年，生子正亿，二岁而孤。既长，袭锦衣副千户。隆庆初，袭新建伯。万历五年卒。子承勋嗣，督漕运二十年。子先进，无子，将以弟先达子业弘继。先达妻曰："伯无子，爵自传吾夫。由父及子，爵安往？"先进怒，因育族子业洵为后。及承勋卒，先进未袭死。业洵自以非嫡嗣，终当归爵先达，且虞其争，乃谤先达为乞养，而别推承勋弟子先通当嗣，屡争于朝，数十年不决。崇祯时，先达子业弘复与先通疏辨。而业洵兄业浩时为总督，所司惧忤业浩，竟以先通嗣。业弘愤，持疏入禁门诉。自刎不殊，执下狱，寻释。先通袭伯四年，流贼陷京师，被杀。

……

赞曰：王守仁始以直节著。比任疆事，提弱卒，从诸书生扫积年逋寇，平定孽藩。终明之世，文臣用兵制胜，未有如守仁者也。当危疑之际，神明愈定，智虑无遗，虽由天资高，其亦有得于中者欤。矜其创获，标异儒先，卒为学者讥。守仁尝谓胡世宁少讲学，世宁曰："某恨公多讲学耳。"桂萼之议虽出于媢忌之私，抑流弊实然，固不能以功多为讳矣。

——《明史》卷一九五《列传》第八十三

附录五　王阳明年表

明宪宗成化八年（1472）九月三十日

王阳明出生于浙江省绍兴府余姚县（今宁波余姚）。其母郑氏妊娠十四个月。其祖母岑氏梦见神人从云中送一儿而下，惊醒后恰恰听见王阳明出生时的哭啼声。其祖父以此事为异，将王阳明取名为"云"。

成化十二年（1476）

王阳明五岁仍不能开口说话。一日，他与其他小儿嬉戏，一神僧经过，见王阳明曰："好个孩儿，可惜道破。"其祖父听闻后，为王阳明更名"守仁"，王阳明即能开口说话。

成化十七年（1481）

王阳明父亲王华于殿试被取为第一，状元及第。成化十八年（1482），其祖父带着王阳明来到北京。之后，王阳明一家人遂寓居北京。明年，入私塾读书。一日，王阳明问塾师："何为第一等事？"塾师回答："惟读书登第耳。"王阳明说："登第恐未为第一等事，或读书学圣贤耳。"其祖父听说后笑着对王阳明说："汝欲做圣贤耶？"

成化二十年（1484）

王阳明生母郑氏去世。

成化二十二年（1486）

王阳明十五岁，出居庸关，询诸夷部落，逐胡儿骑射，一个月后方才返回关内。

明孝宗弘治元年（1488）

王阳明十七岁，于江西洪都迎娶诸氏。婚礼当天，王阳明偶入铁柱宫，遇一道士，遂与其彻夜长谈。诸家派人四处搜寻，次日方将王阳明寻回。

弘治二年（1489）十二月

王阳明偕夫人诸氏从江西归余姚。途中经过广信（今江西上饶），拜访理学家娄谅。

弘治五年（1492）

王阳明通过乡试，成为举人。同时中举的还有孙燧和胡世宁。后宁王朱宸濠叛乱，胡世宁在宁王叛乱前上疏朝廷，揭发朱宸濠有不轨之举，反被朱宸濠诬陷下狱；孙燧于宁王叛乱时巡抚江西，为朱宸濠所害；而王阳明则是平定叛乱之人。弘治六年（1493）和弘治九年（1496），王阳明两次会试不第。

弘治十二年（1499）

王阳明二十八岁，在是年春会试中考中二甲第七名，赐进士出身。在此次会试中爆发了轰动一时的科举舞弊案，言官弹劾会试主考官、翰林学士程敏政向举人徐经、唐寅私自泄露考题，徐经、唐寅下狱。后案件追查无果，徐经、唐寅被贬为小吏，不得再参加科举。徐经是地理学家徐霞客的高祖，是梧塍徐氏由盛转衰的关键人物。而唐寅自舞弊案后游荡于江湖，以卖文画为生，一生落魄，但艺术成就极高，为"吴门四家"之一。也为后世留下了诸多关于唐伯虎的传说。

弘治十三年（1500）

授王阳明刑部云南清吏司主事，在京任职。

弘治十五年（1502）八月

王阳明告病归越，筑室阳明洞中，行导引术。明年，移居杭州西湖。

弘治十七年（1504）秋

主考山东乡试。九月,改兵部武选清吏司主事。

弘治十八年（1505）

王阳明首次开门授徒讲学。与时为翰林院庶吉士的湛若水定交。

明武宗正德元年（1506）

刘瑾专权,南京科道官戴铣、薄彦徽等人上疏弹劾刘瑾,反被逮系诏狱。王阳明上疏为戴铣等人求情,下诏狱,廷杖四十,贬谪贵州修文龙场驿驿丞。

正德三年（1508）春

王阳明抵达龙场。正德四年（1509）,王阳明被贵州提学副使聘为贵阳书院主讲。是年,始论"知行合一"之旨。

正德五年（1510）

明武宗以谋逆罪处死刘瑾。王阳明升任江西庐陵知县。十一月,王阳明入京觐见,馆于大兴隆寺,与黄绾等人订终日共学之誓。十二月,升南京刑部四川清吏司主事。

正德六年（1511）正月

调吏部验封清吏司主事。二月,担任会试同考试官。十月,升文选清吏司员外郎。

正德七年（1512）三月

升考功清吏司郎中。穆孔晖、黄绾、徐爱等几十人同受业于王阳明,讲学内容由徐爱记录整理,名《传习录》。十二月升南京太仆寺少卿,赴任时便道归省。

正德九年（1514）四月

升南京鸿胪寺卿。

正德十年（1515）正月

上疏请辞,不允。王阳明立再从子王正宪为嗣子,王正宪时年八岁。

正德十一年（1516）

九月受兵部尚书王琼推举,升都察院左佥都御史,巡抚南、赣、汀、漳等处。

正德十二年（1517）

正月至赣州,平数百流寇,行十家牌法,选民兵。二月,平漳州流寇。五月，奏设福建平和县。六月，上疏请疏通盐法。九月，改授提督南、赣、汀、漳等处军务，得旗牌，可便宜行事。十月平横水、桶冈等地诸寇，行十家牌法。十二月班师。闰十二月奏设江西崇义县治。

正德十三年（1518）

正月征三浰。三月，上疏请求致仕，不允。平大帽山、浰头诸寇。四月班师，立社学。五月奏设广东和平县。六月，升都察院右副都御史。七月，刻古本《大学》《朱子晚年定论》。八月，门人薛侃刻印《传习录》。九月，修濂溪书院，四方学者云集而至。十一月，再请疏通盐法。

正德十四年（1519）

六月，奉命处置福建叛军。十五日至丰城，闻宁王朱宸濠反，遂返吉安起义兵。七月，于樵舍击败宁王朱宸濠并擒之，江西之乱平。八月，上疏谏止明武宗亲征。九月，于钱塘献俘。

正德十六年（1521）

王阳明始揭"致良知"之教。五月，集门人于白鹿洞讲学。六月，升任南京兵部尚书。十二月，封新建伯、特进光禄大夫、柱国、两京兵部尚书。

明世宗嘉靖元年（1522）

二月，王阳明父亲王华去世。九月，葬父亲于山阴县的石泉山。

嘉靖二年（1523）

改葬父亲王华于天柱峰，改葬母亲郑氏于徐山。

嘉靖三年（1524）四月

王阳明服丧期满。朝中屡有人就"大礼议"一事问于王阳明，王阳明不答。同年，对明朝中后期政局有重大影响的大礼议一事以议礼派获胜而告终。七月，明世宗于左顺门杖责反对议礼的百官，因廷杖而死者共有十六人。而支持议礼的官员，如张璁、桂萼等，则青云直上，受到明世宗重用。后桂萼因政争攻击王阳明，于王阳明死后诏停王阳明世袭伯爵。

嘉靖四年（1525）

正月夫人诸氏卒，四月诸氏祔葬于徐山。十月，王阳明门人立阳明书院于越城（今浙江绍兴）。

嘉靖五年（1526）

十一月，王阳明继室张氏生子正聪。七年后，嗣子王正宪和张氏、王正聪因争家产而产生纠纷，王正聪投奔王阳明故友黄绾，黄绾以女妻之，并将其改名为正亿。

嘉靖六年（1527）

五月兼都察院左都御史，征讨思恩、田州的少数民族叛乱。十二月，朝廷命其暂兼理巡抚两广。

嘉靖七年（1528）

二月，平定思恩、田州叛乱。四月，在思恩、田州兴办学校。五月，安抚新民。七月，讨平八寨、断藤峡一带贼寇。十月，王阳明病重，上疏请求告老还乡。十一月，王阳明行至南安（今江西赣州），卒，遗言"此心光明，亦复何言"。

附录六 历代名人对王阳明的评价

《明史》本传

王守仁始以直节著。比任疆事，提弱卒，从诸书生扫积年逋寇，平定孽藩。终明之世，文臣用兵制胜，未有如守仁者也。当危疑之际，神明愈定，智虑无遗，虽由天资高，其亦有得于中者欤。矜其创获，标异儒先，卒为学者讥。守仁尝谓胡世宁少讲学，世宁曰："某恨公多讲学耳。"桂萼之议虽出于媢忌之私，抑流弊实然，固不能以功多为讳矣。

张岱

阳明先生创良知之说，为暗室一炬。

黄宗羲

王阳明可谓"震霆启寐，烈耀破迷"，自孔孟以来，未有若此深切著明者也。

王士祯

王文成公为明第一流人物，立德、立功、立言，皆居绝顶。

纪昀

守仁勋业气节，卓然见诸施行，而为文博大昌达，诗亦秀逸有致，不独事功可称，其文章自足传世也。

曾国藩

王阳明矫正旧风气，开出新风气，功不在禹下。

严复

夫阳明之学，主致良知。而以知行合一、必有事焉，为其功夫之节目。

梁启超

他在近代学术界中，极具伟大，军事上、政治上，多有很大的勋业。阳明是一位豪杰之士，他的学术像打药针一般令人兴奋，所以能做五百年道学结束，吐很大光芒。

章太炎

文成以内过非人所证，故付之于良知，以发于事业者或为时位阻，故言"行之明觉精察处即知，知之真切笃实处即行"，于是有知行合一之说。文成之术，非贵其能从政也，贵乎敢直其身，敢行其意也。

孙中山

日本的旧文明皆由中国传入,五十年前维新诸豪杰,沉醉于中国哲学大家王阳明的"知行合一"说。

东乡平八郎

一生低首拜阳明。

郭沫若

王阳明对于教育方面也有他独到的主张,而他的主张与近代进步的教育学说每多一致。他在中国的思想史乃至日本的思想史上曾经发生过很大的影响。

钱穆

阳明以不世出之天资,演畅此愚夫愚妇与知与能的真理,其自身之道德、功业、文章均已冠绝当代,卓立千古,而所至又汲汲以聚徒讲学为性命,若饥渴之不能一刻耐,故其学风淹被之广,渐渍之深,在宋明学者中,乃莫与伦比。

余秋雨

中国历史上能文能武的人很多,但在两方面都臻于极致的却寥若晨星……好像一切都要等到王阳明的出现，才能让奇迹真正产生……王阳明一直被人们诟病的哲学在我看来是中华民族智能发展史上的一大成就，能够有资格给予批评的人其实并不太多。

后 记

《让良知自由》是小说,而且是一部非虚构小说。用传统的文体分类,它是应该归入"说部"的。细米为粺,难免琐屑细碎,但小说还是有其世俗的力量,野草一样蔓延生长。

几年前,台湾的一群心学弟子,学明人讲会,拿这本小书说事,讨论经验、想象、世界本体与道德修持诸命题。其心也诚,其言也谨,看了真让人慨叹吾道不孤。我想他们之所以选择这一"说部"入手,不外是想从"想象"去发现"真实"。我很高兴他们把我笔下的王阳明当成"真的"阳明先生去感受:"如果我们不断在说万物一体,却不知道万物一体的感觉与呈现是什么,这本书起码做了一个不错的示范。"读者诸君若真要领会阳明心学精要,还是要以这本小书为门径,去读《王文成公全书》《传习录》。

钱穆在1933年出版的《王守仁》里说,阳明之学,虽简易直捷,还从深细曲折处来。他说立志,说诚意,说易简,说真切,说事上磨炼,说知行合一,他说的一切,要把他一生的经历来下注释。在钱穆看来,王阳明是一个有多方面趣味的人,内心充满着一种不可言喻的热烈追求,从冷静的洗伐,转换到恳切的慕恋,他狂放地奔逐,又彻悟地舍弃,既沉溺,又跳脱,既狂放,又执着,只是不肯安于卑近。是以,他的良知,不是现成的东西,也不是平易简单的把戏，更不是空疏无着落的一句话，事上磨炼，是其精神处。写到这本小书后，读到钱穆此语，总是心有戚戚焉。

"世界如此荒凉，只能培养一颗寂寞的心。在如此贫乏的时代，在如此贫瘠的山岩上，我却开出了一树好花。"2005年，当我借由《传习录》中的一则本事，让这个16世纪的哲学家这般开口说话，事实上是在进入一场叙事的冒险。前行途中我时时感到，历史与文学的这块中间地带是如此广漠，又是如此荒凉贫瘠。回视这本小书的写作，既是与陈腐的历史观念的较量，也是与自身意志力的较量。当我走过幽长的叙事隧道迎来前面的光亮时，也是对主人公"致良知"的一次自我体证吧。

不同于玛格丽特·尤瑟纳尔让古罗马皇帝哈德良在人生暮年回忆他一生的编年史，《王阳明：让良知自由》让主人公在生命中的一些重要时刻自我审视、叙说往事。对应于全书四个章节，这些叙述的时间节点分别为：正德四年（1509），嘉靖元年（1522），嘉靖五年（1526），嘉靖七年（1528）。这种繁复的结构方式并非作者故意炫技，乃是为了避开冗长枯燥的陈述，把他一生的脉络梳理得更为清晰。

1507年赴谪途中颠簸于风涛，是王阳明蹭蹬一生的一个隐喻。《泛海》一章即写他在困厄中超脱生死一念，迎来人生中一次重要的觉悟。

第二章《至圣》，时间跨度最长，从出生写至江西平叛，写他如何经由"黑窣窣"的心灵暗夜、经由事上磨炼,去达至生命的圆满,描述的是思想与精神变迁的过程。

第三章的《夜宴》本事,王阳明大宴门人于天泉桥之碧霞池畔,发生于他退居乡里时的嘉靖三年(1524)中秋之夕。这一中秋夜的聚欢歌唱里,传达出的是不为天地所牢笼的狂者精神,故这一章的重点是讲良知如何如同一棵树的萌芽和长大,在一场场心智的碰撞中成长。浮生蝼蚁终寻常,有知音契悦,砥砺己心,方为思者乐趣。

末章《明心》,实为一个肺结核病人的临终呓语,他一生以"心"应事应物,直至鞠躬尽瘁,死而乃已。在这一章里,读者会看到一个伟大的灵魂,始于狂,成于圣,终止于垂老的寂寞。与冯梦龙等前人笔下诡诈、多智、勇猛的王阳明不同,这里描述的,乃是一个内省的、细腻的、行将就木时的老人的形象,带着生命的苍凉,和燃烧至最后一息的激情。

附录的《书信录》,依序抄录自王阳明写给弟子、友人、家人的信函,直溯阳明本人遗言,具体而微地反映出他内心的翻腾与纠葛,正可作为前四章的延伸和解释来读。

书名《让良知自由》,一是指向阳明之学的核心"致良知";另一层含义,则是近人陈寅恪先生所作王国维碑铭中的一句"独立之精神,自由之思想"的启悟。良知自由,是思想的自由,也是情感的自由,都是要依着心里的一点良知指导生活。"尔那一点良知,是尔自家底准则。"知识人的心曲,几百年后还是相通的。

《王阳明:让良知自由》曾收入由中华书局于2007年出版的拙著《岩中花树:十六至十八世纪的江南文人》。中华书局于2012年又推出过单行本。值此新版之际,向中华书局徐卫东先生、樊玉兰女士、焦雅君女士和浙江文艺出版社周海鸣先生谨致谢忱。书中插画使用的王阳明法书和信件原文,出自计文渊先生搜集散佚各地的阳明遗墨编著而成的《王阳明法书集》,承蒙慨允使用,一并致谢。

二〇一九年四月二日
于浙江宁波